# 人生に疲れた最強魔術師は諦めて眠ることにした

白崎まこと

B's-LOG BUNKO
ビーズログ文庫

# Contents

マティアス
蒼い剣の神器使いで、
エルシダ王国最強の騎士。
フィオナの世話を焼きすぎて
お母さん認定を受けてしまう。
人生に疲れた
最強魔術師は諦めて
眠ることにした
フィオナ
金の腕輪の神器使いで、
ガルジュード帝国最強の魔術師。
酷使される人生に疲れ果てている。

# Character Introduction

## 登場人物紹介

### ジルベート

ガルジュード帝国の美貌の皇子。
自分に懐かないフィオナが気に食わない。

### ルーク

エルシダ王国の呪印士。
マティアスにこき使われている。

### レイラ

エルシダ王国の
第一魔術師団の団長。
みんなのお姉さん的存在。

### ミュリエル

エルシダ王国の
第一魔術師団の団員。
フィオナを敵視している。

### グレアム

エルシダ王国の第一魔術師団の団員。
水魔法が得意。

イラスト／くにみつ

# プロローグ

土煙《つちけむり》が舞《ま》う広い荒野《こうや》は戦場と化し、二国間での争いが繰《く》り広《ひろ》げられていた。

眼前に広がる魔鉱山《まこうざん》を巡《めぐ》っての攻防《こうぼう》。そんな争いの中、黒いローブを羽織った一人の魔《ま》術師《じゅつし》は、襲《おそ》いくる全てをただ静かに無力化していった。

氷の矢が降り注げば疾風《しっぷう》で薙《な》ぎ払《はら》い、濁流《だくりゅう》が襲いくれば全て凍《こお》らせる。

炎《ほのお》の渦《うず》は水の渦に呑《の》み込んで、行く手を阻《はば》む大きな岩盤《がんばん》はさらさらと砂に還《かえ》す。

後ろで緩《ゆる》く編み込まれた空色の長い髪《かみ》を靡《なび》かせ、紫色《むらさきいろ》の瞳《ひとみ》で冷静に前を見据《みす》える。

ガルジュード帝国《ていこく》最強の魔術師フィオナは、今日も戦場で静かに佇《たたず》んでいた。

息をするように自然にいくつもの魔術を放ち、どんな攻撃《こうげき》が来ようと少しも動じることはない。涼《すず》しげな顔で凛《りん》と立ち、彼女は今日も黙々《もくもく》と役目を果たす。

ここは隣国《りんごく》であるエルシダ王国で、自分は略奪《りゃくだつ》を試みる敵国の魔術師という立場。

非道な行いだという自覚はもちろんあるが、彼女は心を押し殺して、与《あた》えられた任務を全うしなければいけない。

そしてこの場を制圧できるまで、あと少しというところまできた。

目の前の深緑色のローブを身に着けた十数人、エルシダ王国の魔術師たちを退ければ任務完了《かんりょう》だ。そうしたらようやく帰れると、目を細めて大きく溜《た》め息《いき》を吐《つ》いた。

──眠《ねむ》い。

フィオナはとにかく眠くてたまらない。

昨夜、さあ寝《ね》ようとベッドに向かった直後に皇子《おうじ》に呼び出され、とある洞窟《どうくつ》にわいた魔《ま》物《もの》の討伐《とうばつ》を言《い》い渡《わた》されて向かった。

本来なら数人の魔術師と騎士《きし》で対応するようなことだけれど、一人でも余裕《よゆう》だろうと単独で向かわされた。

討伐を終えて帰ってきたのは朝方で、シャワーを浴びてようやく寝られるとベッドに向かった直後、また皇子に呼び出されてしまい任務を言い渡された。

つまり、一睡《いっすい》もすることなくこの戦場に駆《か》り出《だ》されたのだ。

昨夜だけでなく、彼女はここ最近まともに寝ていない。

いくら最強だ無敵だと言われても寝不足に勝てるはずはなく、ろくな休息を与えてくれず、次から次へと任務を言い渡してくる皇子への恨《うら》みは募《つの》る。

自分はこんなに辛《つら》いのに、彼は今頃《いまごろ》、安全な宮殿《きゅうでん》で優雅《ゆうが》に寛《くつろ》ぎ、数多《あまた》の女性を侍《はべ》らしているのだろう。そう、いつものように。

(……もうやだ。エロ皇子のばか。大嫌《だいきら》い)

抑《おさ》えきれない憎《にく》しみを心の中で呟《つぶや》いたと同時に、彼女の腹部に施《ほどこ》された制約の呪印《じゅいん》は熱を持ち、体に呪《のろ》いの棘《とげ》を張《は》り巡らせていった。

「ぐっ……」

全身を襲う強い痛みに顔を歪《ゆが》めて歯を食いしばる。心の中で悪態をつくことをやめると痛みはじわじわと引いていき、はぁとまた一つ溜め息を吐く。

何もかもが嫌《いや》になるけれど、今はとにかく目の前の敵に集中しなければいけないと、何とか気持《き》ちを切り替《か》える。

向かいくる魔術師たちは実力者ばかりで、薙ぎ払おうと疾風を何度か放っても、彼らを覆《おお》うように張り巡らされた魔術障壁《しょうへき》のおかげでびくともしない。

かなりの魔術耐性《たいせい》を持っている精鋭《せいえい》たちだ。

できればあまり傷付けたくない。だけど手加減をしていたら戦況《せんきょう》が長引いてしまう。

（やだなぁ……）

気が乗らないけれど、さっさと片《かた》を付けないと倒《たお》れてしまいそうだ。フィオナは眠すぎてふらりとしながらどうにか集中し、魔力を操作する。

彼女の右手首で、淡《あわ》い光を放っているのは金色の腕輪《うでわ》。

神器と呼ばれる特別なこの道具のおかげで、彼女の魔力は尽《つ》きることはないため、大規模な魔法陣《まほうじん》を空中にいくつも描《えが》いていった。

完成した魔法陣は、魔術師たちの頭上で腕輪と同じ金色に光《ひか》り輝《かがや》く。

これで終われる。やっと寝られる。

雷《かみなり》が雨のように魔術師たちの頭上から降り注ぐことになるが、彼らが死ぬことはないはず。命さえあれば、治癒士《ちゆし》がすべて癒《いや》すだろう。

防御《ぼうぎょ》で魔力を使い果たし、そのままさっさと撤退《てったい》してくれたら、それで任務完了である。

こちらはもう限界が近いのだ。胸を痛めながらも、早く終わってと切実に願い、魔法陣を起動させた。

そんな彼女の願いもむなしく、攻撃が魔術師たちに届くことはなかった。

蒼《あお》い閃光《せんこう》が全ての魔法陣を斬《き》り裂《さ》き、消し去ってしまったからだ。

閃光を放ったのは、魔術師たちの後方から歩いてくる黒い騎士服の一人の人物。

さらりとした金色の髪に鋭《するど》い藍色《あいいろ》の瞳を持つ男。蒼く光る唯一無二《ゆいいつむに》の剣《けん》を持つこの男は、エルシダ王国最強の神器使い。フィオナが万全《ばんぜん》の状態で対等に戦える相手だ。

男は後方に白いローブを身に着けた赤髪の男を従え、ゆっくりと歩いて向かってくる。

足を止めようと彼女がどれだけ魔術を放っても、いくつ魔法陣を描いても、全て一瞬《いっしゅん》で斬り裂かれてしまう。

「……もうやだ」

眠さでまともに攻撃ができなくなり、男が持つ蒼い光を放つ剣をぼんやり見つめた。

あの綺麗《きれい》な剣にこのままスパッと斬られたら、楽になれるだろうか。

この男を退けて帝国に帰ったところで、終わりの見えない辛い人生が続くだけ。

いいことなんて一つもない。心の拠《よ》り所《どころ》も今はもう存在しない。

そこから解き放ってもらえるなら、一瞬で楽になれるなら、全て終わらせることができるなら。

それはすごく良《い》いことに思えてきた。

「……それ良いな」

フィオナは生きることを諦《あきら》めた。

胸の苦しさがなくなって、すーっと楽になった。張り詰《つ》めていた気持ちが緩んでいく。

重い瞼《まぶた》を頑張《がんば》って持ち上げることももう必要ない。

蒼い光に全てを託《たく》して目を閉じると、すぐに眠さが限界に達して、そのまま意識を手放した。

# 第一章　敵国に捕まったのに、なぜか優しくされている

……ここはどこだろう。

目を覚ましたフィオナは、ぼんやりと上を眺《なが》める。目の前にある青みがかったグレーの天井《てんじょう》は自室の天井ではない。

頭がすっきりとする。ここ最近ずっと寝不足《ねぶそく》が続いて、頭は常にずーんと重かったから、よく寝たなぁという久々の感覚だ。

むくりと上半身を起こすと、ジャラリと金属の音がした。自身の両手が拘束《こうそく》されていることに気付き、あぁこの音かと納得《なっとく》する。特に動じることはない。

両手首に取り付けられている白銀の枷《かせ》には、黒い紋様《もんよう》が描《えが》かれている。

これは呪印。何らかの制約で人を縛《しば》り付《つ》けるものだ。

呪印はごく僅《わず》かしかいない、素質のある者にしか扱《あつか》えない。彼女には素質はなく、知識もないので、描かれた紋様からどのような効力を持つものなのかは把握《はあく》できない。

だけど恐《おそ》らくは自分の力を封《ふう》じるものだろうと推測する。

確かめようと指先から炎《ほのお》を出そうとしたが、蝋燭《ろうそく》程度の小さな炎すら出ない。

やはり魔力《まりょく》を封じる呪印が施《ほどこ》された枷のようだと納得する。

枷には鎖《くさり》が付いていて、ベッドの下まで続いていた。

今いる部屋の中なら、端《はし》から端まで自由に行き来できそうなほどの長さだ。

下を覗《のぞ》き込むと、鎖はベッドの足にがっちりと巻き付いて錠《じょう》で固定されている。簡単には外せそうにない。

服は着替《きが》えさせられたようで、締《し》め付けのない黒いズボンと白い半袖《はんそで》のチュニックを着ていた。髪《かみ》は緩《ゆる》い編み込みのままだ。

自分は今、どういう状況《じょうきょう》なのだろうと彼女は考える。

ここはエルシダ王国で、戦場で意識を手放した自分は王国の捕虜《ほりょ》になった。

それは間違《まちが》いないと思うのだが、それにしてはやたらと良《い》い部屋にいるのだ。

大きなベッドは分厚いマットレスでふかふかで、シーツも肌掛《はだか》けも柔《やわ》らかく気持ち良い手触《てざわ》りだ。ベッドの上には枕《まくら》の他に可愛《かわい》いクッションが数個置いてある。

棚《たな》やチェスト、テーブルなどのいくつかの家具は何だかお高そうで、大きな布張りのソファーにはクマのぬいぐるみがちょこんと置いてあって可愛い。

窓際《まどぎわ》のステンドグラスのような花瓶《かびん》には色とりどりの綺麗《きれい》な花が飾《かざ》ってあり、仄《ほの》かな甘い香りを放つ。

どう見ても捕虜には不釣《ふつ》り合《あ》いな部屋で、なぜ自分はこんなところにいるのだろうという疑問しかわいてこない。

捕虜用の部屋が空いていなかったのだろうか。そもそも捕虜なんて牢屋《ろうや》の冷たい床《ゆか》に転がされているイメージしかない。自国の皇子なら間違いなくそうしている。

「何でだろ……」

違和感《いわかん》ばかりの状況だけれど、考えたところで自分の置かれた立場は分からない。

一瞬《いっしゅん》で楽になれるかなと期待していたのに、それは叶《かな》わなかったということしか分からない。

ぼんやり座っていると、部屋の扉《とびら》が開いた。

入ってきたのは、黒いズボンに灰色のシャツというラフな格好をした金色の髪の男だ。

腰《こし》には蒼《あお》い鞘《さや》に収めた剣《けん》を携《たずさ》えている。

この人がいるということは、やはりここは王国のようだ。

男はフィオナと目が合うと、足をピタリと止めた。

「……すまない。起きていると思わなかったからノックもせず入ってしまった」

男は開口一番、謝罪を口にした。

彼女はこの男と敵対し幾度《いくど》となく戦ってきたが、声を聞いたのは今が初めてだ。会話をしたことはなかったから。

初めて聞いた声は聞き心地《ごこち》のよい低く色気のある声で、見た目から想像していた以上に素敵《すてき》な声だなぁなんて、そんな風にぼんやりと思った。

そして彼女も彼に初めて話しかける。

「えっとね、そんなこと気にしないから大丈夫《だいじょうぶ》だよ。そもそも敵に気を遣《つか》う必要はないと思うの」

フィオナは凛《りん》とした涼《すず》し気な容姿からは想像がつかないような、のんびりゆっくりとした口調で穏《おだ》やかに話した。

基本的に戦闘時《せんとうじ》以外はいつもぼんやりとしており、緊張《きんちょう》することも滅多《めった》にない。大抵《たいてい》の人は違和感を覚えるほどののんびり具合なので、目の前の男も一瞬ポカンと口を開けた。

「そうか、それなら良かった。少し不自由な思いをさせているが我慢《がまん》してほしい。女性を鎖で繋《つな》ぐなんて本当はしたくなかったのだが、今はそうするしかないんだ。すまないな」

男はまた謝罪を口にした。なぜ捕虜にこんなにも気を遣うのだろう。フィオナはおかしくなって、口に手を当ててクスッと笑った。

「どうした？　何かおかしかったか？」

「うん、だって私のこともっと雑に扱っていいはずなのに、すっごく丁寧《ていねい》だからおかしくて」

「そうか……」

おかしいけれど、何だかくすぐったくなる初めての経験だ。自国ではこんなに大切に扱われたことがなかったから。

帝国《ていこく》の皇子は、女は自分の世話を焼き、欲を満たすだけの存在としか思っていない。

彼女はまだギリギリ手を出されていないけれど、クズ皇子のせいで散々な人生だった。

それなのに、捕虜になってからこんなに丁重《ていちょう》な扱いを受けるだなんて思いもしなかった。

自分はそのうち処刑《しょけい》されるはずなのに。罪の重さからそれは免《まぬが》れないだろう。

帝国では、人が処刑されることはごくありふれた身近なことだったので、彼女はもう自分が処刑されることを当然のこととして受け入れている。

この丁重な扱いは、死にゆく者へのせめてもの情けだろうか……？

フィオナは少し考えて、恐らくそうだろうという結論に至った。だってそれ以外に理由は考えられないから。

（どうやって殺されるんだろう……痛いかな。痛いのは嫌《いや》だな）

嫌だけれど、この国に対して自身が行ってきたことを考えたら、それも仕方ない。

諦《あきら》めの気持ちと共に、元凶《げんきょう》である皇子への憎《にく》しみは募《つの》る。

（皇子のばか。人でなし。大嫌《だいきら》い）

しみじみと恨《うら》んだところではたと気付く。心の中で悪態をついたのに、呪印による痛みが襲《おそ》ってこないのはなぜだろう。

疑問に思ったフィオナは服をめくり上げ、腹部にあるはずの制約の呪印を確認《かくにん》した。

「んなっ」

いきなり目の前で何の躊躇《ためら》いもなく肌《はだ》を露《あらわ》にする行動にぎょっとし、男はとっさに目を逸《そ》らした。そんな男を少しも気にすることなく、彼女は自身の腹部をじっと見ながら静かに淡々《たんたん》と語りかける。

「ねぇ、ここにあった呪印知らない？　黒い薔薇《ばら》の模様みたいなやつだったんだけど」

男は目を逸らしながらも質問に答える。

「それならうちの呪印士《じゅいんし》に解かせたぞ。どんな効力を持つものかは分からなかったが、君にとって良いものではなさそうだったからな」

「……そうなんだ」

眠《ねむ》っている間に、自身の心と体を縛り付けていたものがなくなっていた。大嫌いな皇子に縛り付けられていた、死ぬまで解けないはずの呪《のろ》いだったのに。

まさか敵国で解いてもらえるだなんて思いもせず、じわじわと喜びが溢《あふ》れてくる。

「ありがとう、蒼い神器の剣士《けんし》さん」

彼女は心から感謝して、ふんわりと微笑《ほほえ》みながらお礼を言った。

どうせ処刑するのだから、敵の呪印を消すだなんて、そんな無駄《むだ》なことをする必要なんてないのに。

この国の人間はお人好《ひとよ》しだなと思いながらも、嬉《うれ》しくて堪《たま》らない。

「気にするな。ところで君の名を聞かせてもらえるだろうか。俺はマティアスだ」

「私はフィオナよ」

「フィオナ……フィオナか。良い名だ」

彼は少しだけ目元を和《やわ》らげた。

戦場ではいつも眉間《みけん》にシワを寄せていた男の柔らかな表情に、フィオナはキョトンとした。

「何だその顔は」

「えっとね、あなたも笑うんだなって思ったの」

「失礼だな君は」

「ごめんなさい。だって私、あなたの怖《こわ》い顔しか見たことなかったし」

そう言われ、マティアスは眉間にシワを寄せながら、自身の頰《ほお》をむにっと摑《つか》んだ。

(怖い顔か……)

表情が豊かな方ではないとの自覚はあるが、怖い顔と思われていたとは心外だった。そして彼女もあまり人のことを言えた義理ではない。

「そういう君だって――」

いつも涼しげな無表情だっただろう。そうマティアスが言いかけたところで、部屋の扉がガチャリと開いた。

「あっれー？　起きてたんすね。ノックもせずに失礼したっす」

白いローブを身に着けた男が陽気に笑いながら部屋に入ってきた。

長い赤髪を後ろで一纏《ひとまと》めにし、少し垂れぎみの茶色の瞳《ひとみ》が優《やさ》しげなこの男は、フィオナが戦場で意識を手放す直前、マティアスと共にいた人物だ。

「金の魔術師《まじゅつし》さん元気になったっすか？」

男は朗《ほが》らかに話しかけてきた。捕虜の体調を気にする必要なんてないのになぁとぼんやりと思いながらも、フィオナは返事をする。

「うん、いっぱい寝たから元気だよ。ありがとう」

敵意は一切《いっさい》感じられない、のんびりゆっくりした口調で穏やかに話しかけられた男は、目を大きく見開いた。

「あれれ？　おかしいっす。ここは『気安く話しかけないでもらえるかしら』って虫けらを見るような目で見るか、フッと冷めたように笑って無視されるかのどっちかだと思ってたのに。びっくりっすよ。あ、オレはルークっていうっす」

「そう。私はフィオナっていうの」

彼女は前半の主張は全て無視し、のんびりゆっくりと自己紹介《しょうかい》をする。

ルークはキョトンとした後、マティアスに駆《か》け寄《よ》って彼の肩《かた》をがしっと組み、彼女に背中を向けた。

「マティアスさん、なんすかあの子。イメージと違《ちが》うっすよ。クールで格好いいイメージが一瞬で消え去ったっす。ほわっほわでこれはこれで可愛いっすけど。むしろキュンとなっちゃってこの気持ちどうすればいいっすかね」

ヒソヒソと小さな声で、矢継《やつ》ぎ早《ばや》にマティアスの耳元に訴《うった》えかける。

「あぁ、俺も同じことを思っていたところだ。だがお前はその気持ちは捨てろ」

「そんなぁ〜酷《ひど》いっすよ」

「煩《うるさ》い」

二人は小声でなんやかんやと話していて、フィオナはそんな二人の背中を、仲が良いなぁなんて羨《うらや》ましく眺める。自分には友人と呼べる人間なんていないからだ。

死ぬ前に一人くらい友達が欲《ほ》しかったのになと、元凶である憎き皇子の悪口を心の中でひたすら呟《つぶや》くことにした。

しばらくしてから、マティアスはフィオナに向き合った。

「体は大丈夫か？　医者が言うにはどこも悪くはないようだが、なかなか目を覚まさないから心配したぞ」

「えっとね、いっぱい寝てすっきりした感じかな」

マティアスの話によると、フィオナは倒《たお》れてから丸一日寝ていたようだ。ルークから手《て》渡《わた》された水を飲んでいたらお腹《なか》が空《す》いてきた。

さすがに図々《ずうずう》しいので自分からは言えないが、食事は貰《もら》えるのだろうかとぼんやりと薄《うす》目《め》で考える。

「食事できそうか？」

「しょくじ……」

今まさに欲《ほっ》していた言葉に、彼女のお腹はきゅるるると鳴り空腹を告げた。

ほんのちょっと恥《は》ずかしいが、本当にほんのちょっとだけなので動じない。

「お腹は空いているみたいだな。目が覚めたらすぐに食べられるように用意はさせているが、普通《ふつう》の食事はとれそうか？」

「えっとね、元気だから何でも食べられるよ。ありがとうマティアス」

フィオナは前のめりになり、瞳を輝《かがや》かせた。

「……では取りに行ってくる」

そう言いながらすぐにマティアスは部屋を出た。

「うんわ、マティアスさんがあんな表情するなんてびっくりっすよ」

「……？」

あんな表情とはどんな表情なのか、フィオナには分からない。

感謝を述べたら、マティアスはすぐに後ろを向いて出ていったから、表情は見えなかったのだ。

「ねぇルーク。私、捕虜なのにどうして牢屋にいないの？　処刑される日はもう決まってるのかな」

「ははっ何すか処刑って。そんなのしないっすよ」

「何で？」

「何でって……マティアスさんにまだ何も聞いてないんすね。後で聞くといいっすよ」

ルークは頭の後ろで腕《うで》を組みながら、けらけらと笑っている。

処刑されない。そんなわけはないだろうと彼女は思う。自分は敵国の人間なのだから。今まで幾度となく攻《せ》め入《い》って、この国の者たちを攻撃《こうげき》してきた。命を奪《うば》うことはしなかったけれど、酷いことを散々してきたのだ。

この国の国王は平和主義者で争い事を嫌《きら》うと聞いていたが、敵といえども処刑しないのだろうか。それとも人知れずこっそりとするのかもしれない。

だけどここでは死ぬ直前まで人間らしく生きさせてもらえそうな感じがして、痛くて苦しくないよう楽に死なせてくれそうだと期待を抱《いだ》く。最期《さいご》くらいは楽に逝《ゆ》きたいのだ。

数年間、道具のように扱われてきて、ここ数ヶ月は特に散々だったから。

「そう言えば、戦ってる最中に急に倒れてびっくりしたっすよ。何かあったんすか？　マティアスさんのせいっすか？」

「えっとね、マティアスのせいではないけど、ちょっとだけマティアスのせいかな。あの時すっごく眠かったの。あと少しで帰って寝られるって思ったのに、マティアスが来ちゃったから、もう良いやって諦めたの」

「はぁ？　何すかそれ」

何すかと言われてもフィオナは困る。事実なのだからしょうがない。

彼女はここ最近、寝る間もなく働き続けてきたことを話した。

皇子にボロ雑巾《ぞうきん》の如《ごと》くこき使われ、夜中でも関係なしに駆り出され戦い続けてきたと。

「はぁー、帝国の皇子バカっすね。貴重な神器使いの扱いが酷いにもほどがあるっす。それで連れ去られて奪われてるんすからザマァないっすね」

「そうだよね。ばか皇子ざまぁみろって私も思うの」

よく使える便利な駒《こま》をなくしたのだから、今頃《いまごろ》はくやしがっているに違いない。そう思うとフィオナの心はほっこりとなった。

エロ皇子ざまぁみろ。ばか。大嫌《だいきら》い。心の中で何度も呟く。呪印による痛みが襲ってこないので、呟き放題で幸せだ。

「皇子のこと嫌いなんすね。それじゃ帝国に帰りたいって気持ちはないっすか？」

「……え？」

帰りたい？　なぜそんなことを聞くのだろう。まさか帰されるなんてことは……なくもないかもしれない。神器である金の腕輪《うでわ》さえ奪えば、自分はさほど脅威《きょうい》ではないだろうから。そして腕輪を所持していない自分には価値はないから、どうせ帝国で殺される。そう、結果としては同じなのだ。王国はできるだけ自分たちの手を汚《よご》さなくて済むようにしたいだろう。

帝国に帰されたら、数日にわたってこれでもかと苦痛を与《あた》えられた上で、惨《むご》たらしく殺されるはず。死を受け入れているフィオナでも、さすがにそれだけは勘弁《かんべん》願いたい。

「帝国に帰されるくらいなら、この国でささっと迅速《じんそく》に処刑されたいの。それでお願いできないかな」

フィオナは少しだけ顔に焦《あせ》りを見せた。

「ははっ、だから処刑なんてしないっすから。帰りたくないんすね。了解《りょうかい》っす」

ルークは彼女が本気で死を受け入れているなんて露《つゆ》ほども思わず、そんな発言をしてしまうくらい帝国のことが嫌いなのだなと解釈《かいしゃく》した。

その後はもうその話題には触《ふ》れることなく、何だかんだ二人で楽しく話していると、マティアスが食事を持って戻《もど》ってきた。

「待たせたな」

「ううん、全然。ありがとう」

マティアスは、ベッド横のテーブルに食事を載《の》せたトレーを置いた。

トレーの上にはパン、スープ、肉と野菜の煮込《にこ》み、果物が載っていた。スープと煮込みからはホカホカと白い湯気が立っている。

「足りなかったら追加を持ってくるから言ってくれ」

そう声をかけるが、フィオナの耳にはマティアスの言葉は入ってこない。

食事を前に目を輝かせ、感動しているからだ。

「わぁ、白いパンだ……スープの野菜が透《す》き通《とお》ってる……ちゃんとしたお肉に果物なんていつぶりだろ……」

ぶつぶつと呟く。

本当にこれを食べて良いのだろうか。自分は敵国の人間なのに。

さすがに待遇《たいぐう》が良すぎて、毒や自白剤《じはくざい》が混ざっているかもしれないとの考えも頭をよぎった。優しくして油断させて、帝国の情報を聞き出すことが目的なんてことは有り得る。

だけどフィオナにとって、そんなことはどうでもいいことだ。美味《おい》しいものを食べてから死ねるなんて幸せだし、帝国への忠誠心なんてものは端《はな》から持ち合わせていないから。

「いただきます」

まずは見た目からして柔らかそうなパンを手に取った。力を入れずともぱかりと割れてほわほわと湯気が立つ。

すごい。簡単に割れたと感動しながら小さくちぎって口に入れた。久しぶりの柔らかなパンだ。顎《あご》が疲《つか》れない。すぐに飲み込める。フィオナはじーんとした。

その様子をマティアスは怪訝《けげん》な顔でじっと見る。

「どういうことだ？　君は帝国一の魔術師として、それなりの地位と報酬《ほうしゅう》を得ていたのではないのか。今の物言いだとまるで、食べ物すら満足に与えてもらっていなかったように聞こえたぞ」

フィオナはもぐもぐごっくんとしながら、報酬？　何だそれはと目を細める。そんなもの、彼女はお目にかかったことがない。

「報酬なんてもらったことないよ。宮殿《きゅうでん》の片隅《かたすみ》に住んでたから最低限の衣食住は保証されてたけど、それだけ。だけど食事は一年半前からは、クズ野菜のスープや残り物のカチカチなパンとかばっかりになっちゃって。量はそれなりにあったから、お腹が空くことはなかったけど」

そう言って、また小さくちぎったパンを口に放り込む。ほんのりと甘くて香《こう》ばしくて、いくらでも食べられそうな美味しさだ。

「はぁ？　何でそんな扱いなんすか」

もぐもぐごっくんとして、眉尻《まゆじり》を下げながら心当たりを話す。

「エロ皇子の夜の相手を断ったからだと思うの。次の日からあからさまに粗末《そまつ》な食事になったんだよ」

そう言って黄金色《こがねいろ》のスープをスプーンですくいあげ一口飲んだ。美味しくて口元が緩む。

野菜だけでなく肉の旨味《うまみ》もあるスープなんて久しぶりに口にしたから。

「なるほど。君は、そのだな、帝国に心を通わせた相手はいるのか？」

「そんな人いないよ。恋《こい》してる暇《ひま》があったら寝ていたと思う」

「……そうか」

マティアスはあからさまにホッとした表情を見せたが、彼女は目の前の煮込み料理の柔らかそうな肉の塊《かたまり》に釘付《くぎづ》けなので気付いていない。

マティアスとルークは彼女が食事の邪魔《じゃま》をしないよう、しばらく話しかけないことにした。

その間、ルークは彼女が倒れた経緯《けいい》をマティアスに伝えた。

二人は話をしながら、一口一口しっかりと味わうように食べるフィオナをじっと見つめる。果物まで綺麗に食べきり、水を飲んでほうっと幸せそうに息を吐《は》くところまでしっかりと見届けた。

「ごちそうさまでした。すっごく美味しかった」

「足りたのか？　いくらでも追加を持ってくるから遠慮《えんりょ》なく言うんだぞ」

「ありがとうマティアス。もうお腹いっぱいだから大丈夫だよ。……そうだ、あのね、私の呪印を消してくれた人にお礼を言いたいんだけど、無理かな？」

少し遠慮がちに尋《たず》ねる。自分はここに繋がれていて動けないから、相手がここを訪ねてこないとお礼は言えないのだ。だけど来てほしいなどと図々しいことを口にするのは気が引ける。

そう思っていたら、ルークが自身の顔の横でビシッと右手を上げた。

「それならオレっすよー。呪印士であるオレが解いたっす。もちろん見つけたのは君の服を着替えさせた女性なんで、オレが体の隅々《すみずみ》までチェックしたわけじゃないっすからね。解く時も呪印がある範囲《はんい》しか肌を見てないっすから」

彼はニカッと笑い、上げていた手でピースする。

「そう。ありがとうルーク、あのクズ皇子から解き放ってくれて。心おきなくあの人の悪口を呟けるようになって、本当に清々《すがすが》しい気分なの」

「何すかそれ？　あの呪印は誰《だれ》かに隷属《れいぞく》して、命令を聞く以外の効力があったんすか？」

「えっとね……」

フィオナは呪印について説明を始める。

彼女の腹部に施されていた呪印の効力は、主君に絶対服従し、命令に逆らい続けると命を落とすというもの。それは行動だけでなく精神をも縛る呪いで、悪意を口にしたり心の中で呟いたりしてもいけないという徹底《てってい》ぶりだ。

反抗心《はんこうしん》を強く抱くだけで呪いが発動し、強い痛みと共に呪いの棘《とげ》が体内を侵蝕《しんしょく》していく。

「心の中で悪態をつくだけで襲ってくる痛みにはうんざりしてたの。だからありがとう」

「はぁー……反抗心を抱くだけで発動するなんて辛《つら》すぎっすね。そんな強力な呪いを編み出して体に直接刻むなんて、帝国の人間まじ最低っす」

ルークは眉《まゆ》をひそめた。帝国では、人を無理やり従わせるための呪印が盛《さか》んに編み出されているとは聞いていたが、心までをも縛り付けるだなんて非道にも程《ほど》がある。

「しかしそんなものを施されていたのに、よく夜の相手を断れたな。その時はまだ呪印はなかったのか？」

「ううん、あったよ。だけど死んでもいいやって思って反抗したんだ。あんな人と肌を重ねるくらいなら死んだ方がマシだもん」

「そうか……」

マティアスは顔をしかめ、喜んでいいのかいけないのか分からない複雑な心境でいた。

「皇子は要求を取り下げたからギリギリ死ななかったの」

「さすがに欲望がまかり通らなかったからって、神器の使い手を失うような馬鹿な真似《まね》はしないっすよね」

「そうだね。そうじゃなかったらとっくに死んでると思う」

フィオナは白銀の枷がはめられた自身の手首をじっと見た。本来ならば、そこには神器である金色の腕輪があったのだ。

その様子を見ながら、マティアスはある決意を固め、そしてすぐに実行に移した。

「その鎖は今は必要ないから外そう」

彼女に近づきながらポケットから鍵《かぎ》を取り出す。

「え？　ちょ、マティアスさん、それってまだ許可が……」

「大丈夫だ。問題ない」

マティアスは威圧《いあつ》を込《こ》めてルークを一睨《ひとにら》みした。

「……あー、はいはい。もう好きにしてください」

ルークは呆《あき》れ顔《がお》で投げやりに言葉を放つ。呆れてはいるが、彼も鎖を外しても問題なさそうだと思っていたので、もう何も言わないことにした。

彼女は害のない人間にしか見えない。そしてもし害を及《およ》ぼそうとしても、魔力を封じられている今の状態なら、自分たちで簡単に対処できるから。

マティアスはそっと彼女の手を取り、枷から鎖をガチャリと外す。

急に自由になった自身の手首を触《さわ》りながら、フィオナは首を傾《かし》げる。

「繋いでおかなくていいの？」

「今はな。俺とルークのどちらかが近くにいる時は問題ない。君がよからぬ行動を起こそうとしても、すぐに対処できるからな」

「そうそう。その腕輪、魔力を封じてるだけじゃないっすからね。何かしようとしても、瞬時《しゅんじ》に無力化させちゃうんで、そのつもりでいてほしいっす」

「うん、分かった」

こくりと頷《うなず》いてからコップの水を一口飲んだ。そしてぶるりと体を震《ふる》わせる。

「あのね、トイレに行くくらいは自由にしてもいいのかな？」

「……もちろんだ。そこの茶色の扉の先にある」

「ありがとう」

フィオナはゆっくりと立ち上がり、マティアスが指差した扉へと向かって中に入った。

部屋から彼女がいなくなると、しばしの沈黙《ちんもく》の後、二人は示し合わせたわけでもないのに同時に大きく溜《た》め息《いき》を吐《つ》いた。

「何すかあの子。めっちゃ不憫《ふびん》っす」

「ああ。何かしらの枷を背負っているとは思っていたが、あんな扱いを受けていたとは……」

「帝国アホっすね。神器の使い手を何だと思ってるんだか」

一国に一人いるかいないかという神器の使い手は、本来ならば丁重に扱われるべき存在だ。神器が有する不思議な力は各々《おのおの》異なれど、その力は強大で国にもたらす影響《えいきょう》は計り知れない。そのため神器の使い手は、国によっては王と同程度の権力を持つほどの存在になり得る。

「陛下に伝えないとな。話を聞く限りでは、彼女は帝国に忠誠心はなさそうだ」

「皇子のことは心の底から嫌ってる感じっすしね。バカだのクズだの散々な言いようっすから」

ルークはけらけらと楽しそうに笑い、マティアスも口元に少しだけ笑み《え》を浮《う》かべた。

彼女が皇子の相手を断ったこと、想《おも》い人がいないことに心からホッとしている。

彼はフィオナが目の前で倒れていなくても、ここに連れてくるつもりでいたからだ。

トイレを済ませたフィオナは部屋に戻り、ベッドにちょこんと腰かけた。

「それじゃオレは仕事に戻るっす」

ルークはついでに片付けてくるからと、空いた食器を載せたトレーを持ち、部屋から出ていった。

「さて、君のことをもう少し詳《くわ》しく聞かせてもらっても良いだろうか」

ずっと立っていたマティアスはベッド横の椅子《いす》に座り、フィオナに向き合う。

「なにを話せばいいの？」

「そうだな。君が神器に選ばれたところから聞かせてもらおうか」

「それだと十二年前からだから、話長くなっちゃうよ」

「長くてかまわないから、聞かせてもらえるか」

「うん、分かった」

フィオナは六歳の頃《ころ》からの話を始めた。

彼女の生まれた国、ガルジュード帝国は三つの神器を所持している。

その中の一つが、装着した人間の魔力量を無尽蔵《むじんぞう》にすると言われている金色の腕輪だ。

神器とは古来存在し、神々が造り出したものだと言われている。

世界中に散らばっており、各国それぞれ数個は所持しているが、どの国も国家機密として情報を秘匿《ひとく》している。

神器は存在自体が謎《なぞ》に包まれており、選ばれた人間にしか扱うことができないもの。

使い手は滅多に存在せず、金色の腕輪も二百年以上使い手がいなかった。

帝国では年に一度、国中の六歳の子どもが中央神殿《しんでん》に集められる。一人ずつ順に三つの神器に触れていき、扱える者がいないかを確認する儀式《ぎしき》が行われるのだ。

フィオナも六歳になった年に両親に連れられて神殿に赴《おもむ》いた。

さっと触れた者からすぐに帰れる簡単な儀式だ。田舎《いなか》から帝都《ていと》まで出てきた彼女は、これが済んだら町を観光するのだと楽しみにしていた。

長時間待ち、ようやく自分の順番が回ってきた。光沢《こうたく》のある黒い机には赤い布が敷《し》かれており、その上に三つの神器が並んでいた。

やっと遊びに行けると軽い気持ちで、漆黒《しっこく》の楯《たて》、赤い横笛と順にそっと触れていき、最後の一つが金の腕輪だった。

瞬間《しゅんかん》、腕輪は金色の光を放った。彼女を持ち主と認めたのだ。

瞬《また》く間《ま》に宮殿へと連れていかれ、皇子を主君とする隷属の契約《けいやく》を結ぶこととなった。

本当は皇帝《こうてい》と契約を結ぶ予定だったらしいが、彼女を目にした皇子が自分が結ぶと言って聞かなかったようだ。

フィオナは嫌だった。艶《つや》やかな黒髪《くろかみ》にルビーのような赤い瞳を持つ目の前の皇子は、見た目こそ整っているが、何だかいやらしい目をしていて気持ちが悪い。

生理的に受け付けなかった。それならまだ皇帝の方がマシなのに。しかし高貴な人間からの申し出を断れるはずもなく、渋々《しぶしぶ》彼を主君とする呪印をその身に刻んだ。

その日から魔術師《まじゅつし》として帝国のために尽《つ》くす人生が始まった。

無尽蔵の魔力があれば、魔力量の多い者ですら一日に一度が限界の特大魔術を際限なく放てるようになる。彼女は一つの軍を一人で相手にできるほどの力を手に入れてしまったのだ。

しかし魔術を自在に扱えなくては話にならない。大量の魔術書の暗記を言い渡され、講師に厳しく指導されながら魔力操作の訓練をすることになった。

宮殿の片隅にある、古いベッドと最低限の家具しかない部屋に一人で住むことになり、家族とは引《ひ》き離《はな》されてしまった。

月に一度の両親との面会だけを楽しみに、フィオナは魔術を学び続ける。

外に自由に出ることさえ許されず、朝から晩まで魔術の習得に励《はげ》む。

貴重な休憩《きゅうけい》時間はいつも皇子に呼び出され、ティータイムに付き合わされた。

いつも綺麗な女性に囲まれているのに、なぜ自分を呼ぶのだろうと疑問に思ったが、皇子の命令は絶対なので渋々応じていた。

高貴な人間は日頃《ひごろ》庶民《しょみん》と関わることなんてないだろうから、どうせ暇つぶしだろう。すぐに飽《あ》きて呼ばれなくなるだろうと思っていたのに、それはいつまでも続いた。

部屋で学ぶか苦手な皇子の話し相手をするかという、辛くてつまらない毎日を送る。

独占欲《どくせんよく》の強い皇子は、自分は数々の女性を侍《はべ》らせているくせに、フィオナには友人を作ることや若い異性と接することを禁じていた。

何となく苦手に思っていた皇子のことを、心の底から嫌いになるのにそう日数はかからなかった。

意地悪。大嫌い。心の中で悪態をつくと、腹部の呪印から強い痛みが襲ってきた。

嫌いなのに心の中で嫌いだと呟けない。心を押《お》し殺《ころ》すため、皇子とはとにかく淡々と接することに努め、ティータイムでは茶菓子《ちゃがし》だけを楽しむことにした。

数年経《た》ち、自由自在に魔術を扱えるようになってからは、任務を与えられるようになった。主に魔物《まもの》の討伐《とうばつ》だ。放っておいたら瘴気《しょうき》から次々と生まれ、人類を脅《おびや》かす存在である魔物を討伐することが、魔術師や騎士《きし》の主な任務だ。

だけどせっかくの無尽蔵の魔力、使わなければ勿体《もったい》ないと言わんばかりに、フィオナは土地の開拓《かいたく》などにも駆り出された。

彼女が扱う特大の魔術は重宝され、毎日毎日どこかしらに駆り出されていった。

彼女の身に刻まれた呪印の主君は皇子だが、任務を言い渡すのは国の最高権力者である皇帝だった。

膨大《ぼうだい》な量の任務をこなしながら、空いた時間は皇子の暇《ひま》つぶしの相手をさせられるという辛くてつまらない毎日を送る。

皇子はなかなか自分の相手に飽きてくれない。もしかしたら庶民に嫌がらせをするという遊びを楽しんでいるのかもしれないと思うようになった。

休憩時間に毎回来るようにと命じられて、仕方なく皇子の部屋に足を運んでいるのに、女性とお楽しみ中だったなんてことはしょっちゅうだから。

こんなの嫌がらせ以外の何物でもない。いつまでこんな悪趣味《あくしゅみ》に付き合わされないといけないのだろうか。

……最低。エロ皇子、大嫌い。

幾度となく情事を目撃《もくげき》させられ、心の中で悪態をついて強い痛みに襲われて。そんな日々はとても辛かったけれど、自分が誘《さそ》われないだけまだマシだなと思っていた。

しかし十六歳のとある日の夜、ついに彼女は皇子の寝室《しんしつ》へと呼ばれてしまった。そこで体の関係を持つよう命令を受ける。

こんな男に抱《だ》かれるなんてとんでもない。絶対に嫌だ。断ったフィオナは呪印によって凄《すさ》まじい痛みに襲われる。それでも頑《かたく》なに断り続けていると、大量の血を吐いた。倒れて命が尽きる寸前にまで陥《おちい》る。

皇子は焦って命令を取り消し、治癒士《ちゆし》を呼んで彼女を癒《いや》させた。

フィオナは体が癒《い》えるとふらりと立ち上がり、皇子の顔を見ることなく無言でさっさと退室し、自室に戻って寝た。

そして翌日から、嫌がらせのように粗末な食事しか与えられなくなったのだ。

数少ない日々の楽しみがなくなってしまった。

エロ皇子のばか。意地悪、人でなし、全部大っ嫌い。心の中で呟くだけで襲ってくる痛みにもうんざりだ。

月に一度会える両親との一時だけを心の支えにして過ごした。

十七歳になると、ある日を境に急に国外での任務を言い渡されるようになった。

他国の資源を略奪《りゃくだつ》するため、邪魔をしてくる騎士や魔術師を退けろという任務だ。

『敵は全て皆殺《みなごろ》しにしろ』だなんて言われても、首を横に振《ふ》り拒絶《きょぜつ》した。

そんなことは絶対にするもんかと反発する。

呪いが発動し体に激痛が走っても、口から血を吐いても、首を縦に振ることはしなかった。床に大きな血溜《ちだ》まりができたところで、皇子は命令を取り消した。

またしてもフィオナの命は尽きる寸前まで陥る。

『なぜ命令を聞かない。死にたくないだろう』と言われ、『人殺しになるくらいなら死んだ方がマシです』と淡々と答えた。

諦めた皇子は渋々、『敵は全て退けろ』という命令に変えたので、それにはおとなしく従うことにした。

十八歳を目前にしたある日、彼女は唐突《とうとつ》に心の支えをなくしてしまう。

両親が宮殿に向かう途中《とちゅう》で暴漢に襲われ、命を落としてしまったのだ。

心にぽっかりと穴が空いた。それでも毎日与えられた務めを果たす。

自分は何のために生きているのだろう。なぜ戦っているのだろう。

生きるために命令を聞いているけれど、なぜ生きているのだろう。分からない。

分からないけれど何日もずっと寝不足で、考える気力すらなくて。もういろいろと疲れてしまい、何もかもがどうでもいい。

だけど皇子の『敵を全て退けてこい。任務を終えたら必ず帰ってくるんだ』という命令を受けて、いつものように戦場に降り立った。

そこでマティアスが立ちはだかり、もういいや、楽になりたいと願い、生きることを諦めたのだ。

「その場で真っ二つにしてもらおうと思ってたのに、こうしてまだ生きてて、あなたとこうやって話をしているなんて不思議な気分なの」

「……そうか」

静かに話を聞き続けていたマティアスの眉間には、かつてないほどの深いシワが寄っている。険しい表情をしながらも、彼は優しく問いかける。

「何か望みはあるか？　行動に制限はつくが、ある程度のことなら聞こう」

「望み？」

「ああ、今したいことでもいい」

なぜか唐突に望みを聞かれて、フィオナは顎に手を当てて考える。捕虜に望みを聞くだなんて、この人は聖人か何かだろうか。先ほどからひたすら優しいし。

よく分からない状況だが、せっかくの申し出なので望みを言ってみることにした。

「えっと、それじゃあね、シャワーを浴びたいんだけど……いいかな？」

寝汗《ねあせ》でじっとりとしていて気持ち悪く感じていたのだ。図々しいと思いつつも、今一番したいと思ったことを素直《すなお》に言ってみたが、マティアスは複雑そうな表情を浮かべたので、あぁダメそうだなとフィオナは一瞬諦めた。

「そんなことならもちろん構わない。だが条件があってな……君を鎖から解き放っている間は、俺かルークのどちらかができるだけ近くで待機していないとダメなんだ。つまりだな、君がシャワーを浴びている間、俺はこの部屋で待機することになる。不快に思うだろうが我慢してもらえるか」

「うん。それは当たり前だと思うし、そうだと思っていたから大丈夫だよ」

「そうか。着替《きが》えはそこの引き出しに入っていると思うのだが……」

コンコンッ
「入ってもいいかしら？」

話している途中で不意にノックの音が響《ひび》き、落ち着いた女性の声が聞こえてきた。

「どうぞ」

フィオナの了承《りょうしょう》を聞き届けてすぐに部屋に入ってきたのは、栗色《くりいろ》のボブヘアーの女性。深緑色のローブを身に着けた、大人の色気が漂《ただよ》う二十代後半ほどに見える魔術師だ。

「目を覚ましたって聞いたから来ちゃった。こんにちは金の魔術師さん」

女性は赤い口紅で鮮《あざ》やかに彩《いろど》られた口元に軽く笑みを浮かべ、フィオナに話しかけた。

「こんにちは。お姉さんとは何度か会ったことがありますね」

ゆっくりと挨拶《あいさつ》を返すと、女性は不自然すぎるほどの美しい笑みを顔に貼《は》り付ける。

「ふふふ、そうよ。いつもあなたにこっぴどくやられて散々だった、第一魔術師団、団長のレイラよ、よろしくね」

優しげな声なのに、言葉の端々《はしばし》に棘を感じる。

やっぱりそうか、そうだと思ったと、フィオナはちょっとだけ気まずくなった。

だけどここは敵国なのだから、自分は嫌われていて当然だ。それは仕方ないことだとすぐに気持ちを切り替え、いつものようにのんびりした口調のまま自己紹介をする。

「その節はご迷惑《めいわく》をおかけしてすみませんでした。私はフィオナって言います」

そう言ってペコリと頭を下げると、レイラの顔からは笑みが消える。レイラはマティアスの腕をぐいっと引っ張り、フィオナに背を向けてヒソヒソと話をしだした。

「ねぇ、なにこの子。思っていたイメージと全然違うんだけど。いつもの凛《りん》とした姿の欠片《かけら》もないじゃないの」

「あぁ、これが素のようだ」

「そうなのね……日頃の恨みをこれでもかとぶつけてやるつもりだったのに、気が削《そ》がれちゃったわ。どうしてくれるのよ」

「知らん」

フィオナは二人があれこれ言い合っている後ろ姿を見ながら、ここの人たちは皆仲《みんな》がいいんだなぁと、また羨ましく思った。

「あら、シャワーを浴びるところだったのね。着替えはここに入れてあるはずよ」

レイラはマティアスに不満をぶつけることをやめ、チェストの前に移動して引き出しを開けて、中をゴソゴソしだした。

「はい、これ使って。タオルは脱衣所《だついじょ》にあるからね」

「ありがとう、レイラさん」

フィオナは着替え一式を受け取るとふんわりと微笑み、脱衣所へと向かった。

「……何とも言えない空気感を持った子ね」

レイラはポツリと呟いた。


フィオナは脱衣所のタオルを確認すると、服を脱《ぬ》ぎ髪をほどいて浴室に入った。

魔石《ませき》が埋《う》め込まれた蛇口《じゃぐち》をひねると、温かいお湯のシャワーが出てきたので存分に堪能《たんのう》する。浴室に置いてある石鹸《せっけん》は使っていいのだろうと判断し、ありがたく使わせてもらった。髪と体を泡《あわ》でしっかりと洗い、シャワーでスッキリと流し終える。

長い髪の水分をぎゅっぎゅっと絞《しぼ》り、浴室から出てタオルで体を拭《ふ》きながらふと思った。

この髪、邪魔だなぁ、と。

先ほど受け取った着替えである下着と半袖の膝丈《ひざたけ》ワンピースを着ると、タオルで髪の水分を拭き取りながら部屋に戻る。

マティアスの前までやって来ると、フィオナは髪を後ろで高く持ち上げながら言った。

「ねぇマティアス、お願いがあるの。ここからバッサリと切り落としてくれないかな」

「……は？」

マティアスは色っぽいうなじに一時釘付けになったが、コホンと咳払《せきばら》いを一つし、気を取り直して言葉を返した。

「なぜ切り落とすんだ？」

「邪魔だから。今は魔力を使えないからさっと乾《かわ》かせないし、もともと皇子の命令で伸《の》ばしていただけだから、もう必要ないの」

「いや、しかし……」

眉間にシワを寄せて言い淀《よど》むマティアスに、レイラは反対の意を感じ取った。

いつもなら相手のことなどお構いなしに、言いたいことをズバズバ言うくせに、何だその煮え切らない返事は。イラッとしながら割って入ることにした。

「何言ってんの。勿体ないでしょ」

マティアスをぐいっと押し退《の》けると、レイラはフィオナの髪に両手で触れ、髪全体を優しい風でふんわりと包みこむ。そうして数秒でしっかりと乾かし終えた。

「自分で乾かせないなら魔道具を使えばいいだけでしょ。後で持ってきてあげるから。ほらマティアス、あなたも言いたいことがあるならはっきりと言いなさい」

レイラは青い目をつり上げて、マティアスの顔を下から覗き込む。

「……そうだな」

マティアスはフィオナに向き合った。いつも後ろで編み込まれていた空色の髪をさらりと下ろす姿に一瞬見とれたが、すぐに気持ちを切り替えて少しぶっきらぼうに告げる。

「綺麗だから勿体ないと思う。だから切るのはなしだ」

「……そう」

フィオナは少しだけ胸がどきっとした。帝国の皇子以外の男性から褒《ほ》められたのは初めての経験だ。皇子から容姿を褒められても、不快感しか抱いたことがなかったのに、今はすごく嬉しいという新鮮《しんせん》な感情を抱いている。

だけどすぐにあることに思い至った。

「でもどうせ処刑されるんだし、バッサリ切ってすっきりしてもいいよね……」

「「はぁ？」」

マティアスとレイラは同時に声をあげて、眉をひそめた。

「処刑って何の話だ？」

「え。何って私の話だよ。処刑されるんでしょ」

「何でそうなる？」

「何でって……」

敵国の人間なのだから、それが普通なのでは。首を傾げて淡々と問いかける。

「……ねぇ、あなたまだ何も説明していないの？」

「あー……目が覚めたらすぐに、納得してもらえるまで説明するつもりでいたのだが」

予想外のぼんやり具合と可愛さに言葉を失い、ようやく名前を知れて感動し、食事を提供したり彼女の話を聞いたり、シャワーを浴びてもらったり。

何だかんだで、まだ何も説明していないことを思い出した。

フィオナからもそういった質問はなかったので、完全に忘れていたのだが、彼女は自分が処刑されるものだと考えているなんて、思いもしなかった。

レイラにだけ聞こえるように耳打ちすると、彼女は呆れて眉をつり上げた。

「あなた、きちんと説明しておきなさいよ！」

何度か念押しして、彼女は部屋を出ていった。

口うるさい人間が去り静かになった。

彼は若干《じゃっかん》疲れた顔をして長い溜め息を一つ吐く。そしてフィオナをソファーに座らせ、自身は椅子に腰《こし》かけて今の状況を説明し始めた。

「君は処刑されない。処罰《しょばつ》もされない。これは確実だ」

「そうなんだ……すごいね」

帝国では、ちょっとした失敗でもすぐに罰を与えられ、皇帝や皇子の機嫌《きげん》を大きく損《そこ》ねて処刑されるのは当たり前。最近あの人見ないなぁ、なんて思うことなどしょっちゅうだったので、フィオナは少し驚《おどろ》いた。

マティアスは説明を続ける。この国では敵国の人間を捕《と》らえることはまずないのだが、強大な敵であるフィオナが目の前で倒れたため、今後のことを考えて一旦《いったん》連れ帰ることにしたのだと。

彼女は敵として幾度となく攻撃を仕掛《しか》けてきたが、誰一人として殺していない。この国では快楽殺人や大量殺人でも犯《おか》さない限り、処刑されることはまずない。

そして彼女は貴重な神器の使い手である。処罰したり、腕輪を奪って帝国に帰したりするよりも、彼女ごと国に取り込む方が有意義だと判断された。

そのためには、この国を裏切らないという忠誠心を示さないといけない。一旦魔力を封じ行動を制限し、彼女を今後どのように扱うかはこれから審議《しんぎ》していくところだと言う。

「帝国に未練がないのなら、この国の魔術師になってほしい」

「えっと、つまりこの国の魔術師として生きていくには、私はまた誰かと呪印による契約を結ばないといけないってことだよね……」

忠誠心なんて上辺だけならどうとでも取り繕《つくろ》えるのだから、呪印で縛るのが一番手っ取り早くて確実だ。彼女は敵だったのだから、そうなるのは確実だろう。

(どうしよう。また誰かの支配下に置かれて縛られるのは嫌だな)

それならもう生きていけなくていいやと思ってしまった。

しかし彼女の言葉は、マティアスによってバッサリと否定される。

「そう言い出した奴《やつ》もいたが俺が却下《きゃっか》した。しばらくはルークが呪印を施した手枷《てかせ》の装着だけで済むよう話を進めている。というかそう決定させた。まだウダウダ言う奴等《やつら》も出てくるだろうが、全てねじ伏《ふ》せるから問題ない」

「ねじ伏せ……あのさ、マティアスって、もしかしてすごく偉《えら》い人？」

そんな話し合いの場なんて、お偉いさんばかりが集まっているイメージだ。それをねじ伏せるだなんて、よっぽどの権力者でないと無理ではなかろうか。

「そうだな。血筋的には高位の方だ。その上神器の使い手でもあるから、王に次ぐ権力が与えられている。だからまぁ、偉いといえば偉い」

何てことだ。目の前の男は、国を統《す》べる者の次に偉い権力者だと判明した。

彼女は今更《いまさら》ながら態度を改めることにし、背筋をピンと伸ばした。

「そうでしたか……えっと、マティアス様って呼んだ方がいいですか？」

フィオナが急にかしこまりだしたので、彼は顔をしかめて不快感を露《あらわ》にする。

「やめてくれ。ルークたちの態度を見たら分かるだろう。俺はたいして敬われていない」

「……そういえばそうだね」

ルークの態度は、フィオナに対してもマティアスに対しても変わりなかった。

レイラなんて、むしろ彼女の方が偉い立場にあるのかなと思ったほどだ。

フィオナはかしこまるのを秒でやめた。

「君がこの国に害を及ぼす存在でないと認められるまでは、自由は与えてやれないが、できるだけ早く認めさせるつもりではいる。それまでは気楽に過ごしてくれて構わない」

目の前の男は、強い権力を持っているとは思えないほど自分に気を遣ってくる。

なぜだろう。彼女は不思議に思い、そしておかしくなってきた。

口に手を当ててクスクスと笑う様子にマティアスは表情を和らげ、しばらく黙《だま》ったまま愛《いと》しそうに眺めていた。

「さてと、何か望みはあるか。何でも言ってくれ」

「それならもうさっき聞いてもらったよ」

シャワーを浴びさせてもらい、さっぱりすっきりした。その前は美味しい食事をいただいたから、お腹も満たされている。

「あんなのは望みの内に入らない」

「えー……そう言われても……」

恐縮《きょうしゅく》すぎてこれ以上望みなんて言えない。なぜこんなにも良くしてくれるのだろう。

（……あ、そっか。同情してくれてるんだ）

帝国で受けていた扱いに同情してくれたから、彼は唐突に望みはないかと聞いてくれたのだと思い至る。

フィオナは困ってしまった。正直言って、欲しいものや行きたいところ、やりたいことなどはいくらでもある。ずっと娯楽《ごらく》のない生活を送ってきたから。

だけど自分は捕虜という立場。素直に願望を伝えるのはさすがに気が引けてしまう。

「何もないよ。こんなに素敵な部屋で過ごさせてもらって、美味しい食事をいただいて。皆優《みんなやさ》しくしてくれるし。すっごく満足してるから、これ以上望みなんてないよ」

半分嘘《うそ》だけど半分本当のことだ。望みなんて聞いてもらわなくても、もう十分なのだ。

「そうか。それなら食事の好みを聞かせてもらおうか」

「え？　……えっとね、何でも好きだよ。食べたことがないものは分かんないけど」

「好き嫌いはないのか？」

「ないよ」

フィオナはきっぱりと言い放つ。だけどこれは嘘だ。

本当のことを言ったら、この人は対応してくれるのだろうなと思ったから、あえて言わないことにした。これ以上手を煩《わずら》わせたくはないのだ。

マティアスは腕を組みながら考え込んだ。

（遠慮してるよな……）

フィオナと口を利《き》いたのは今日が初めてで、まだ彼女の人となりははっきりとは分からない。だけど人を傷付けることを嫌い、他人を気遣《きづか》える心根の優しい女性ということは以前から知っている。

敵国に捕《つか》まった割にはどこまでもぼんやりとしていて、全く動じずマイペースなのに、気を遣って遠慮がちになっている様子が感じ取れる。

しつこく聞いたところで、彼女は望みを言わないだろうと彼は判断した。

「分かった。それでは俺はこれから用事があるから失礼する。鎖を繋がせてもらえるか」

「うん」

すぐに両手をスッと前に出すと、彼は『すまない』と一言言って枷と鎖を繋ぎ、ガチャンと錠をかける。そして部屋から出ていった。

「……優しい人だな」

部屋で一人になったフィオナは、ぼそっと呟いた。

一年ほど前から戦場で顔を合わせるようになり、幾度となく戦ってきた相手なのに、なぜ優しくしてくれるのだろう。

彼はいつも眉間にシワを寄せていて、少しでも気を抜《ぬ》いたら真っ二つに斬《き》られそうな威圧感があって怖かった。だけど話してみると少しも怖くなくて。ただひたすらに優しい。

「よく分かんないけど、皆いい人ばかりだな……」

ほんわかした温かい気持ちに包まれる。自国で受けていた扱いとの差に戸惑《とまど》いながらも、今日だけで一生分の優しさに触れたような気分になった。

自分に優しくしてくれたのなんて、両親だけだったから。

「お母さん……」

もう一生会うことのできない、記憶《きおく》の中の母を思い浮かべる。

『フィオナ、ちゃんと食べてんの？　辛かったら言うのよ。母さんが皇帝にガツンと言ってあげるからね』

ちょっと口うるさいけれど、会うたびに自分を気にかけてくれた。

辛いだなんて本当のことを言えるはずもなく、皇帝にそんなこと言ったら殺されちゃうよ、辛くないから大丈夫だよって笑って誤魔化《ごまか》したら、少し寂《さび》しそうな顔をした。

父は無口だけれど、そんな母の隣《となり》でいつも優しく微笑んでいた。

「お父さん……」

大好きな二人はもういない。二度と会うことはできない。そう思うと悲しくて苦しくて、涙《なみだ》が溢れてくる。

帝国では二人の死に向き合う時間すらまともにもらえなかった。

二人と過ごした日々を思い出しながら、とめどなく流れる涙を拭《ぬぐ》うこともせず、しばらくの間静かに泣いていた。

ぽっかりと穴のあいた胸が寂しくなって、すぐ横にあったクッションを手に取り、ぎゅっと抱きしめる。可愛らしい小花柄《こばながら》ですべすべした上質な手触り。何だかお高そうなクッションに思える。

「……」

こんなのを涙で濡《ぬ》らしてしまうのは気が引けて、そっと横に置き直した。

本当になぜこんなに無駄にいい部屋に自分はいるのだろうか。謎すぎる状況に悲しい気持ちが少し薄《うす》れてきて、膝《ひざ》を抱《かか》えて丸くなる。

少し経ってから気分転換《てんかん》しようと、部屋の窓を開けて外を眺めることにした。

窓からは自然豊かな広い庭が見渡《みわた》せて、レンガの小道やベンチ、花壇《かだん》、ガゼボなどがある。青空には少しだけ雲が浮かんでいて、穏やかな風がそよそよと吹《ふ》いている。

そんな中、ベンチに座って休憩中の深緑色のローブを纏《まと》った魔術師たちや、歩いている紺色《こんいろ》の騎士服を着た人の姿がちらほら。その様子から、今いる場所は彼らの本拠地《ほんきょち》か宿舎辺りなのだと窺《うかが》える。

真下を覗きこんで窓を一つ二つと数えていったところ、ここは建物の五階のようだ。

少し離れたところには、王城らしき立派な白い建物がそびえ立っている。

この国の王様はどんな人だろうか。

争いごとが嫌いで平和主義者という噂《うわさ》しか知らないけれど、きっとすごく良い人なんだろうなと思った。敵であった自分の今の扱いからして、それは確実だろう。

（この国の魔術師になってほしい……かぁ）

マティアスの言葉を思い出す。もし自分がこの国に生まれていたら、どんな人生だったのかな。彼らと共に戦いながらも、休日は穏やかに過ごしたりして、楽しい日々を送っていたのだろうか。

しばらく窓枠《まどわく》にもたれて外を眺めながら、ぼんやり考える。

それから部屋の中を見て回ることにした。

部屋の中の物は好きに使っていいとマティアスが言っていたので、何があるのだろうと確かめることにする。

まずはすぐ横に置いてある、小さなドレッサーの引き出しを開けてみた。

「わ、なにこれ」

引き出しの中には宝石箱があり、手に取って蓋《ふた》を開けると、中にはぎっしりとアクセサリーが入っていた。

……なぜ？　初っぱなから自分に全く必要のないものが出てきて首を傾げる。だけどどれもキラキラとしていて綺麗で、しばらくじっと眺めていた。

いつかはこんなのを着けて町に出かけられる日が来るのだろうか。そんな淡《あわ》い期待を抱きながら、そっと引き出しに仕舞《しま》った。

五段になっているチェストには服が入っていた。何日分あるのだろうというくらいにぎっしりと。そしてどれもお高そうに見える。

今着ているものも、恐らく高価なものだろう。シンプルなワンピースだけど、肌触《はだざわ》りと着心地《きごこち》が抜群《ばつぐん》なのだ。

本棚《ほんだな》にはぎっしりと本が並ぶ。専門書から小説、図鑑《ずかん》まで種類豊富で、誰でも必ず趣味《しゅみ》に合った本を見つけられるような品揃《しなぞろ》えだ。

帝国では魔術に関する本しか与えてもらえなかったので、わくわくが止まらない。

本当にどれでも好きに読んで良いのだろうか。部屋の中の物は好きに使って良いと確かにマティアスは言ってくれたのだから、良いはず。

（わぁぁ……）

瞳を輝かせながらどれにしようかと悩《なや》みに悩み、一冊の本を選んだ。

ソファーに座って読み始めたのは、少年と少女の心温まる冒険《ぼうけん》物語だった。

冒頭《ぼうとう》からもう引き込まれるような魅力《みりょく》が溢れていて、フィオナは夢中で読んでいった。

どれくらい時間が経っただろうか。ふと窓の外に目をやると、いつの間にか薄暗《うすぐら》くなっていた。かなりの時間、読書に没頭《ぼっとう》していたようだ。

膝に本を置いて、うーんと伸びをしていると、ノックの音が響いた。

「入ってもいいか？」

低くて聞き心地のよい色気のある声。マティアスらしき声だ。

「どうぞ」

返事をすると、やはりマティアスだったようで、彼は扉を開けて大きな二段ワゴンを押しながら入ってきた。

「夕食を持ってきた」

「わぁ、ありがとう」

彼はすぐにポケットから鍵を取り出し、フィオナの手を取って鎖を外した。そして部屋の中央の四角いテーブルに料理を次々と並べていく。

「えっと、これ全部私の分じゃないよね？」

「君の分だが」

当たり前だろうと言わんばかりに、テーブルに所狭《ところせま》しと料理を並べながら軽く返事をする。夕食をいただけるのは嬉しいが、昼食をとってから殆《ほとん》ど動いていないし、元々あまり量は食べられない。フィオナは少し苦笑いをした。

「あのね、すごくありがたいけど、さすがに食べきれないよ」

「好きなものを選んで食べたらいい。あとは残せばいいだけだ」

「……そんな勿体ないことできない」

「問題ない。残りは俺が全部食べるつもりだ」

「……え」

キリッとした顔で、まさかの残飯を食べるという宣言をされてしまった。

それは問題あるよとフィオナは思う。王に次ぐ権力を持つ人間が、捕虜の残飯を食べるだなんてありえない。

しかし残りを食べてくれる人がいないと、せっかくの料理が無駄になってしまうというのも事実。それはそれで困る。食べ物を粗末にしたくはないのだ。

フィオナは少し考え、それならばとお願いしてみることにした。

「えっとね、マティアスに残り物を食べさせるのは嫌なんだ。だけど残った料理が廃棄《はいき》されるのも嫌なの。だからね、ここで一緒《いっしょ》に食べてほしいんだけど……ダメかな？」

「ぐ……」

マティアスは少したじろいだ。上目遣《うわめづか》いでの少し遠慮がちのお願いが、反則級の可愛さで断れない。

「……いや、ダメではない。一緒に食べよう」

「良かった。ありがとう」

フィオナはホッとして微笑んだ。

マティアスは耳を赤くさせながら、彼女の席にフォークや取り皿を並べ、前の席にも予備で持ってきていたものを並べた。

二人は向かい合わせに座り、食事を始めた。

テーブルにはとにかくいろんな種類の料理が並んでいて、これって自分が好きな食べ物を言わなかったからだろうかと、フィオナは不安になった。

「ねぇマティアス、すごく嬉しいし美味しいんだけど、何だか悪いよ。私、捕虜なのに」

「嬉しいのなら良いだろう。誰も俺のすることに文句は言えないから問題はない」

「問題あるよ。こんなところで権力を使うのは勿体ないと思う」

「却下だ。俺がどう権力を使おうが俺の自由だからな。もともと使うあてのないものだから勿体なくはない。減るものでもないしな」

「えー……」

フィオナは眉尻を下げながらも、鶏肉《とりにく》の香草焼《こうそうや》きを口に運ぶと、すぐに顔を綻《ほころ》ばせた。

「気に入ったか」

「うん。皮がパリパリでお肉がすごく美味しい」

「そうか。好きなだけ食べるといい。全部食べてもいいぞ」

「ありがとう。でもすごく美味しいからマティアスも食べて」

「……分かった」

ふんわりと微笑みながら勧《すす》められては断れない。マティアスも食べることにした。

「美味しいな」

「うん」

美味しいものを誰かと分かち合うのは何年ぶりだろう。フィオナは彼との食事を心から楽しみ、テーブルいっぱいにあった料理は二人で全て綺麗に平らげた。

大半はマティアスが食べてくれたので、残さずに済んで良かったとホッとする。

「君は昼にシャワーを浴びているが夜はどうする？」

「んー……今日はもういいかな。少しも汗《あせ》をかいていないし。だけどそうしたら明日の朝シャワーを浴びたくなると思うし、どうしようかな」

その時はまた鎖を外してもらって彼に側《そば》にいてもらわないといけない。手を煩わせるのを申し訳なく思う。

「朝でも昼でも好きに浴びたら良いんだぞ。では今日の夜は寝巻《ねま》きに着替えるだけでいいんだな」

「……あ、そっか。着替える時に鎖を外さないといけないから、また夜に来てもらわないといけないんだね。それなら今から着替えてくる」

何度も来させるのは気が引けるのだ。フィオナは引き出しから寝巻きを取り出し、着替えるために急いで脱衣所に向かった。

「用事があれば何度でも来るのだが……」

夜にまた訪《おとず》れる機会がなくなってしまったではないか。部屋に残されたマティアスは、心底残念そうな顔でボソッと呟いた。


カーテンの隙間《すきま》から暖かな日差しが差し込む朝。ふかふかなベッドで気持ちよく眠っていたフィオナは、ノックの音で目が覚めた。

「入ってもいいか？」

マティアスの呼《よ》びかけにむくりと起き上がり、ふくらはぎまで長さのあるワンピースタイプの寝巻き姿で、長い鎖をずるずると引きずりながら扉まで歩いていく。

「おはよ……マティアス」

扉を開けて目をこすりながら挨拶をする。頭はまだ半分寝ているようだ。

「今起きたところか。朝食は早かったようだな。もうとっくに起きているかと思って持ってきてしまったのだが、もう少し後にするか？」

「……ごはん……食べたい」

フィオナはぼーっとしながらも意思を伝える。

「そうか、それでは準備をする。君は顔を洗って、しっかりと目を覚ましてくるといい」

「……ん……分かった」

マティアスはワゴンを押して部屋に入ると、ポケットから鍵を取り出して、枷から鎖を外した。

彼女はふらふらしながらも、言われた通りに洗面所に向かう。冷たい水で顔を何度か洗うとスッキリ目が覚めた。

鏡にはボサボサ頭の自分が映っていて、さすがにみすぼらしいので髪を櫛《くし》でとき、後ろでくるんとお団子にする。

部屋に戻ると、マティアスがテーブルに朝食を並べ終えたところだった。

「わぁ……」

パンにオムレツ、スープ、ウインナー、サラダ、ヨーグルト、果物など。

昨日の夕食時に改めて好きな食べ物を聞かれたのだ。彼女が好きだと言った食材を使ったものばかりが並んでいて、思わず歓喜《かんき》の声が漏《も》れた。

そして、並んでいる朝食の量からとあることを察し、期待に胸が膨《ふく》らんだ。

「ねぇ、すごく量があるんだけど、一緒に食べてくれるのかな？」

「そのつもりだ」

マティアスは手早く取り皿などをセッティングしながら答える。

「ありがとう」

昨日だけでなく今日も一緒に食べてくれるなんて。嬉しくなって感謝を口にすると、彼はほんの少し表情を和らげた。

向かい合わせに座って共に朝食をとり始める。彼女は食べられる量だけ取り皿に取っていった。

マティアスが大きなオムレツにナイフを入れると、中からとろりとチーズが出てくる。

朝からなんて贅沢《ぜいたく》な光景だろう。

「わぁぁ……」

フィオナは瞳を輝かせる。『とろりと溶《と》けたチーズが好き』と言ったが、まさか朝食で出てくるなんて。感動しているうちに皿に取り分けた分が目の前に置かれた。

「ありがとうマティアス。本当に嬉しい」

「そうか。それなら良かった」

朝から幸せそうな顔が見られただけで、彼は大満足だ。

取り皿に取った料理を食べ終えると、彼女は最後の楽しみに残しておいたヨーグルトを目の前に置く。そして上からかけようとハチミツの小瓶《こびん》を持った。

その様子を見たマティアスは、近くに置いてある小さな器《うつわ》を手に取る。

「ここにベリーソースもあるが……あぁ、もう遅《おそ》かったか」

渡そうとした時には、ヨーグルトにはハチミツがたっぷりとかけられていた。

しかし彼女は顔を綻ばせて手を差し出す。

「わぁ、もらっていいかな？」

彼は手の上に器をポンと置いた。彼女は受け取るとすぐに、ハチミツをかけた上からベリーソースをとろりとかける。

あまり甘いものを好まないマティアスは顔をしかめた。

「……君は甘いものが好きだと言っていたが、相当なんだな」

「うん、大好きなの」

甘いものをこれでもかとたっぷりかけたヨーグルトをスプーンですくい、パクリと口に入れる。とろんとした幸せそうな表情から、美味しくてたまらないんだなということは容易に窺える。

マティアスは彼女の食事に甘いものを増やそうと心に決めた。

「今日は天気が良いから外に出て散歩するか？　ここの敷地《しきち》内の庭を歩くぐらいしかできないが」

「外に出ていいの？」

「当たり前だろう。もちろん監視《かんし》が必要だから俺と一緒だがな」

「やった。ありがとうマティアス」

部屋から出てはいけないものだと思っていたので、思わぬ申し出に心が弾《はず》む。朝食を終えて着替えると、食器を載せたワゴンを押して歩くマティアスの後ろを付いていった。

「ねぇ、マティアスは私のこと監視しないといけないんだよね？　私、前を歩かなくていいの？」

「問題ない。後ろから何かしようとしても、すぐ対処できるからな」

「そっか……そうだね」

彼は自分がどの方向から攻撃を仕掛けようが、すべて斬《さ》り裂いてしまうような人だったと思い出した。もちろん今の彼女は何もする気はないが。

ワゴンは昇降機《しょうこうき》に載《の》せて下ろし、二人は階段で一階へと下りる。

一階には魔術師や騎士が利用している食堂があった。食堂の中は通らず、裏口から厨《ちゅう》房《ぼう》へ入った。

「あの、ごちそうさまでした」

食器を返却《へんきゃく》する時に、居合わせた年配の女性にお礼を言う。

「あんらまぁ、この子が噂の子かい。可愛らしいお嬢《じょう》さんだねぇ」

女性は意味深な笑みを浮かべ、マティアスに目をやる。彼は顔をしかめた。

「フィオナっていいます。ご飯とっても美味しかったです」

「そうかいそうかい、そりゃ良かった。ほら後でこれお食べ」

女性がポケットから飴《あめ》を取り出して手渡してきたので、フィオナはありがたく受け取ってまたお礼を言った。

隣のマティアスとお喋《しゃべ》りをしながら庭を散歩する。途中ですれ違う魔術師や騎士たちにはペコリと頭を下げていった。

「ねえ、マティアスの服の色が他の騎士たちと違うのって、偉い人だから？」

「あぁ……不本意ながらそうだ。騎士団の団長になるのを断ったら、団長たちと同じような権限だけを押し付けられたんだ」

「そっか。大変だね。でも他の人たちと違う黒い服は格好良いね」

「そうか？」

「うん」

「……そうか」

面倒《めんどう》くさそうに眉間にシワを寄せていたマティアスの表情が和らいだ。

フィオナは先《さき》ほどもらった飴を口に放り込み、ぽかぽか陽気の中でじんわりと幸せを感じていた。目が覚めてからまだ二日目なのに、もうこの国が好きになり始めていた。

翌日は朝から雨模様で、窓の外は灰色の空が広がっている。

じめっとした空気の中、フィオナは熱を出してベッドで寝込んでいた。

溜まっていた疲れが出たのだろうと、診察《しんさつ》した医者は言う。

治癒士は体の損傷は癒すことができるが、病気や発熱などの体の不調を取り除くことはできないので、薬を飲んで寝て治すしかない。

フィオナは高熱で顔を真っ赤にしている。ゼーゼーと肩で息をして、目の焦点《しょうてん》は合っておらず虚《うつ》ろだ。

マティアスは鎖を外し、付きっきりで看病をした。冷たく濡らしたタオルでおでこを冷やし、少しでもぬるくなってきたら瞬時に冷たいものを用意し取り替える。

頭の下の水枕《みずまくら》も冷たすぎない絶妙《ぜつみょう》なひんやり感を維持《いじ》し、定期的に取り替えた。

「うぅ……お水……」

「よし、飲ませてやる」

彼女が熱に浮かされている間は、細長い飲み口の付いた容器でマティアスが手ずから水を飲ます。

「うぅ……トイレ……」

「よし、任せろ」

ひょいと抱き上げ、トイレの扉の前まで連れていくほどの献身《けんしん》ぶりだ。

トイレを済ませてふらふらと扉から出てきた彼女をまた抱き上げ、洗面所で手を洗わせることも忘れない。

部屋に泊《と》まって看病するわけにはいかないので、夜は彼女の部屋の扉の外に座って眠ることにした。そして一時間おきに中に入って様子を見る。

おでこのタオルを冷たいものに取り替え、『お母さん』とうわ言を言いながら涙を流す彼女の頬をそっと撫《な》でた。

熱が少しだけ下がり何とか会話ができるまで回復すると、彼は厨房で特別に作らせた氷菓《ひょうか》を持ってきた。

「美味しい……ありがとう、マティアス」

背中にクッションを詰《つ》めて上半身を少し起こした彼女に、マティアスは手ずからスプーンで口に運ぶ。

「ほら、まだあるぞ。口を開けろ」

「ん……」

言われるがまま口を開けパクリと食べると、へにゃりと顔を緩ませた。

何とも形容し難《がた》い欲が満たされていくマティアス。これはたまらない。病《や》みつきになりそうだと喜びを噛《か》み締めながら食べさせた。

翌日には微熱《びねつ》にまで下がり、フィオナは上半身を起こして座れるほどに回復した。

マティアスは厨房で特別に作らせた食事を持ってきた。米と野菜を鶏《にわとり》のスープで柔らかく煮たものだ。スプーンですくい少し冷ましてから彼女の口に運ぶ。

パクリと口に入れると優しい味がして、フィオナはふわりと目元を和らげた。

「美味しい。マティアス本当にありがとう。もう自分で食べられるから大丈夫だよ」

そう言いながら両手を前に出した。

「……そうか」

彼はとてつもなく残念そうな顔で、食事を載せたトレーを渡す。

フィオナは完食してからまた少し寝た。

数時間経って目が覚め横を見ると、ソファーには本を読むマティアスの姿があって、自身の手首には鎖が繋がっていなくて。それだけのことがたまらなく嬉しかった。

体調を崩《くず》した時に誰かが側にいてくれるなんて、子どもの頃以来だ。

しばらくじーっと見ていたら、マティアスはフィオナが目覚めたことに気付いた。

本を横に置いて彼女に近づくと、同じ目線までしゃがんで問いかける。

「冷たくて甘いの食べるか？」

「うん、食べたい」

「よし。それじゃすぐに持ってくるから待っててくれ」

そう言ってフィオナの右手をそっと持ち、枷と鎖を繋いだ。

「すぐに戻ってきて外してやるからな」

マティアスとルークが近くにいない時は繋がれているのが当たり前なのに、彼はいつも申し訳なさそうにしながら枷と鎖を繋ぐ。

フィオナはそれがいつもおかしくて、くすぐったくて、ふふっと笑ってしまった。

「うん、待ってるね」


数分後、マティアスはひんやり冷たいミルクプリンを持って戻ってきた。

彼女好みの甘い甘い味付けで、幸せそうな顔をして食べる様子を満足気に眺める。

「食べたら寝る前にきちんと口をすすぐんだぞ。虫歯になってしまうからな」

「うん、分かった」

お口の健康にまで気を遣うほどの徹底ぶりだ。

彼女は言われた通りに洗面所に行き、しっかり口をすすぐ。

ベッドに戻って彼と少し話をしていると眠くなってきたので、また少し眠った。


翌日にはすっかり熱も下がった。

マティアスが部屋を訪れたので鎖を外してもらい、シャワーを浴びてさっぱりとする。

「もう何でも食べられそうか？　どこか辛《つら》くはないか？」

「体は元気だけど喉《のど》が痛いから、辛《から》いものは食べたくないかな。それ以外なら何でも食べられそうだよ」

「そうか、分かった」

マティアスは朝食を取りに行った。そして戻ってくると、二人でテーブルを囲む。

朝食が済み着替えると、彼は用事があると言って出かけていったので、フィオナは部屋で一人でソファーに座って本を読むことにした。

しばらく読書に没頭していると、マティアスが戻ってきた。その手にはガラス瓶《びん》を持っている。

「喉の痛みを和らげる飴だ。これを食べるといい」

「わぁ……！」

手渡された手のひらサイズのころんと丸いガラス瓶には、琥珀色《こはくいろ》の丸い飴がたくさん入っている。食べるのが勿体ないほどキラキラしていて綺麗で、しばらく両手で持って中を覗き込んでいた。

「すごく綺麗。ありがとうマティアス」

フィオナはありがたくいただくことにして、蓋を開け一粒《つぶ》取り出して口に入れた。優しいハチミツの甘さが口に広がって喉を潤《うるお》す。

そのとろけるような表情で、聞かなくても美味しいのだなと分かる。

「好きなだけ食べていいからな。なくなったらまた持ってこよう」

「ありがとう」

マティアスは午後から少し任務があると言い、彼女と一緒に昼食をとった後は出かけていった。

また部屋で一人でソファーに座って本を読んでいると、ルークが訪ねてきた。

「熱は下がったって聞いたっすけど、元気になったっすか？」

「うん。もう大丈夫だよ。ありがとう」

「そっすか。それなら良かったっす」

彼は頭の後ろで手を組みながら朗らかに笑う。ふとソファーの横のテーブルに置いてあるガラス瓶が目に入ると、その顔からは笑《え》みが消えて、そのままじーっと見つめた。

「その飴、持ってきたのはマティアスさんっすね」

「うん、喉が痛いって言ったら持ってきてくれたの」

「そっすか……」

苦笑いをしているルークに、彼女は何だか嫌な予感がした。

「ねぇルーク、もしかしてこの飴すごく高価なものだったりするのかな？」

「へぁ？　いや、そんなことないっすよ。普通のごくありふれた飴っす。どこでも手軽に買えちゃうやつなんで、遠慮しないでどんどん食べて大丈夫っす。ほんと、しっかりいっぱいガッツリと食べて喉を治してほしいっす。それはもう切実に」

ルークはにっこり笑っているが、内心ドキドキでかなり焦っている。

彼は思い切り嘘をついた。その飴は、遠い国でしか採取されない希少なハチミツで作られた、とてつもなく貴重で高価なもの。国への献上品《けんじょうひん》としても差《さ》し支《つか》えないほどの品である。

それをマティアスはフラッと手に入れてきて、彼女にポンと渡したのだ。

高価だと知って彼女が食べることを躊躇い、それが自分が教えたせいだなんてマティアスに知れたら。

考えるだけで体が震《ふる》える。どんな目に遭《あ》わされるかなんて想像もしたくない。

自分は何も見ていない。ルークは飴のことは忘れることにし、小さく呟いた。

「……ここまでご執心《しゅうしん》になるだなんて思わなかったっすよ」

「何か言った？」

「何でもないっすよ」

今までどんな女性に言い寄られても適当に相手をしていたマティアスが、ここまで入れ込むなんて。彼の熱の入れようには軽く引いているが、この不憫な女の子には幸せになってもらいたいと、心から願っている。

ルークは陰《かげ》ながら見守ろうと決めた。

# 第二章　こんなに幸せで良いのだろうか

フィオナが王国に来て二週間経《た》った。

今日もマティアスと共に朝食をとり、庭を散歩している。優《やさ》しい彼と過ごす、のんびりとした穏《おだ》やかな日々がずっと続いていて、これでいいのかという疑問が募《つの》ってきた。

「ねえ、マティアス。部屋の掃除《そうじ》くらいは自分でしてもいいかな？」

彼女は手持《ても》ち無沙汰《ぶさた》だ。

ご飯を食べて、本を読んで、マティアスとカードゲームで遊んで、散歩をして、おやつを食べて。毎日ひたすらのんびり過ごしている。夜になりベッドに入ると、ぽかぽかと満たされた心で気持ちよく眠《ねむ》りにつき、朝になり目が覚めると、また幸せな一日が始まる。

捕虜《ほりょ》なのにこんなのダメだよね。そう思う気持ちが日に日に増していく。

「暇《ひま》ならもっと遊べるものを持ってきてやるぞ？」

マティアスは彼女の意図が分かっていないので、甘やかしに追い打ちをかけてきた。

違《ちが》う、そうじゃないと、フィオナは胸の前で両手をぐっと握《にぎ》りしめ、前のめりになって訴《うった》えかける。

「そうじゃなくて仕事が欲《ほ》しいの。幸せすぎてダメになっちゃう」

「なるほど？　よく分からんが掃除がしたいのなら道具を手配しよう」

　幸せならそれで良《い》いのでは？　彼はそう思ったが、何やら必死に訴えてくるので要望を聞いてあげることにした。

　訴えを聞き入れてもらえたフィオナは、ぱあっと顔を明るくした。

「うん、よろしくねマティアス」


　その日の夕食後、マティアスがさっそく持ってきてくれた掃除道具を前に、フィオナは呆然《ぼうぜん》としていた。

　目の前に並ぶ道具は、どう見ても新品でお高そうなもの。ホウキとちりとりは持ち手が黒光りしていて高級感に溢《あふ》れる、ハタキは黄色とピンク色の色彩《しきさい》が綺麗《きれい》で、希少な鳥の羽が使われているんだぜと主張してくる。水色のブリキのバケツなんて猫《ねこ》と草花が描《えが》かれていて可愛《かわい》すぎる。汚《よご》れた雑巾《ぞうきん》をすぐために使うなんて勿体《もったい》なく感じてしまう。

「使い古したやつで良かったんだよ……」

「どうせ使うなら使い心地《ごこち》のよさそうなものの方が良いだろう。気に入らないのか？」

「ううん、そうじゃなくて……」

　自分には勿体ない品ばかりなので、恐縮《きょうしゅく》しているのだ。

だけどまた別の物を手配してもらうのは申し訳ない。せっかく用意してくれたのだから、これ以上はもう何も言わないで、素直《すなお》に受け入れることにした。

「えっとね、すごく素敵《すてき》な物を用意してくれてありがとう。大事に使わせてもらうね」

「そうか。それなら良かった」

彼女が使っている部屋には毎日掃除係の女性が来ているので、どこもかしこもピカピカだ。その状態を維持《いじ》できるよう、こまめに掃除をすることにした。

毎日自分で掃除するようになり、手持ち無沙汰が少しだけ解消された。

洗濯《せんたく》は自分ではできないので、洗濯係にしてもらっている。今日はシーツの交換日《こうかんび》だと昨日聞いていたので、自分で外して脱衣籠《だついかご》に入れておいた。

朝食後しばらくすると、回収に来てくれた年配の女性に脱衣籠ごと手渡《てわた》す。

「いつもありがとう。よろしくお願いします」

「はいはい、おばちゃんに任せなさい。シーツは週に一度じゃなくていつでも出していいからね。遠慮《えんりょ》しなくていいんだよ」

「うん、ありがとう。でも寝込《ねこ》んだ時しかベッドの上では食事してないから汚さないよ」

「ふふふ……そうかい。あの色男にちゃんと大事にされてるんだねぇ」

女性は少しだけ下品に笑ったが、フィオナは余計な気遣《きづか》いには全く気付いていない。

「うん、マティアスは優しいよ」

「そうかい。良かったねぇフィーちゃん」

女性はニコニコしながら籠を持って出ていった。

「みんな優しいなぁ……」

彼女は今日も朝から心がほっこりとなった。

翌日、朝食を一緒《いっしょ》にとりながらマティアスはその日の予定を話す。

「俺は今日は任務が入ったから留守にする。君の監視《かんし》はルークが務めることになるのだが、今日、急遽《きゅうきょ》君は陛下と謁見《えっけん》することになった。ルークに付《つ》き添《そ》ってもらって行ってくれるか」

「うん、分かった」

「本当は俺が付き添いたかったのだがな……あのタヌキおやじめ、わざと俺が不在の時を狙《ねら》いやがって……」

彼は眉間《みけん》に深いシワを刻みながらブツブツと呟《つぶや》く。とてつもなく不機嫌《ふきげん》そうだ。

フィオナは『タヌキおやじ？』と言いながら、ハチミツをスプーンですくい、パンケーキにたっぷりとかけていた。

朝食を終えると、彼女は脱衣所《だついじょ》に行って着替《きが》えた。今日着る服は黒いタイトスカートと白いシャツ、胸元《むなもと》に青いリボンだ。髪《かみ》はいつもよりしっかりと後ろで編み込む。

魔術師としての正装はローブ姿なのだが、彼女は今は微妙な立場なので身に着けられるローブはない。なのでこの国の女性として一般的《いっぱんてき》な正装をした。

「変なところない？」

「そうだな、じっとしててくれ」

マティアスは襟元《えりもと》を確認《かくにん》し、首の後ろ部分の折り目が少しズレているところを整える。

リボンは絶妙《ぜつみょう》に歪《ゆが》んでいるので、きっちりと直した。

「よし、いいぞ」

「ありがとう」

確認が終わるとマティアスは彼女に鎖《くさり》を取り付け、任務へと出ていった。

手を振《ふ》って見送ったフィオナは、窓から外を眺《なが》める。

目の前にそびえ立つ立派な大きな白い建物。今からあそこに行くのだなぁと眺めていると、ルークがやってきた。彼は白いローブ姿だ。

「フィオナさん、はよーっす。そんじゃ行きましょうか」

「おはようルーク。よろしくね」

「はいっす」

鎖を外してもらい、彼と共に部屋の外に出た。長い廊下《ろうか》を歩いていくと私服姿やローブ姿の人たちとすれ違うので、彼女は軽く会釈《えしゃく》した。

階段を下りて外に出て、目の前にそびえ立つ王城に向かってレンガの小道を行く。

行ったことのない方へ歩いていくので、彼女は少しご機嫌《きげん》だ。緊張《きんちょう》した素振《そぶ》りも見せずに、今日は天気が良くて散歩日和《びより》だなぁと景色を楽しんでいる。

「緊張してなさそうっすね」

「うん。したところでどうなるわけでもないしね」

「ははっ、違いないっす」

ルークと話しながら数分歩き、王城に到着《とうちゃく》した。入り口からは、紺色《こんいろ》の服を着た二人の騎士《きし》が後ろを付いて歩く。

中は白い石造りで、壁《かべ》に飾《かざ》られた絵画を横目に歩き、しばらくすると目の前に金の装飾《そうしょく》が施《ほどこ》された青い大きな扉《とびら》が見えてきた。扉の先は王の間だ。

フィオナたちが近づくと、扉の両側に立っていた騎士たちが扉を開ける。

中に足を踏《ふ》み入《い》れ、ルークに先導されながら、真ん中に敷《し》かれた赤い絨毯《じゅうたん》の上を進む。

王の間には護衛騎士が六名、王の側近が二名、それぞれ玉座を囲うように立つ。

そして玉座にはこの国の王が鎮座《ちんざ》していた。赤髪をオールバックにした、茶色の瞳《ひとみ》を持つ壮年《そうねん》の男性だ。

フィオナはルークに倣《なら》って片膝《かたひざ》をつき、頭を下げた。

「よく来たな、金の魔術師。私の名はディークハルト、この国の王だ。面《おもて》を上げて楽にしていいぞ」

よく通る低い声で、エルシダ王国の国王はフィオナに声をかけた。

彼女は顔を少しだけ上げて、目の前のルークをちらりと見る。彼は国王の御前《おんまえ》だというのに、後ろを向いてニカッとして立ち上がったので、彼女も立ち上がる。

「ご尊顔を拝しまして恐悦至極《きょうえつしごく》に存じます、国王陛下。フィオナと申します」

右手を胸にそっと当て、軽く頭を下げこの国の挨拶《あいさつ》をする。そしてゆっくり頭を上げると、国王の顔をじいっと見た。

この二人、すごく似ている……。

そんな心の声は筒抜《つつぬ》けのようで、国王は彼女の疑問にすぐさま答えた。

「そこにいるエディルークは私の甥《おい》だ」

「甥……ですか」

甥ということは、ルークは王族に連なる血筋ということだ。そして本名はエディルークというのだと今知った。

フィオナは少しだけ悩《なや》み、目の前のルークにだけ聞こえるようにボソッと呟く。

「エディルーク様？」

「いやもう今さらいいっすから」

彼はまた後ろを向いて、苦笑いしながら王の間に響《ひび》き渡《わた》るほどの声で言い放つ。

そうだよね、今さらもう良いよねと彼女もすぐに納得《なっとく》し、『そっか』と小さく呟いた。

「さてと、君のことはマティアスから大体聞いているが、こうやって顔を合わせるのは初めてだからな。改めていろいろと聞かせてもらおうか」

「はい。何なりとご質問ください」

フィオナはルークの前に出た。国王は前もって聞いていたが、彼女の口から改めてガルジュード帝国《ていこく》の現在の内情を聞き出すことにし、彼女は知っていることを全て話す。

帝国がエルシダ王国に対して略奪《りゃくだつ》を試みるようになったのは、約一年前から。

皇帝《こうてい》が病に倒《たお》れ、第一皇子、ジルベートが全権を握るようになってからだ。

欲深い皇子は神器の使い手であるフィオナの力を使って、他国の豊かな領土を手に入れようと画策しだした。

そのためにまずは自国の力をより強めようと、隣接《りんせつ》する王国の資源の略奪から始める。

防御力《ぼうぎょりょく》を上げる守護石、武具や魔道具《まどうぐ》の核《かく》となる魔石《ませき》を産出する土地にフィオナを含《ふく》む魔術師を幾度《いくど》となく派遣《はけん》し、その土地から資源を奪《うば》うことをひたすら繰《く》り返《かえ》す。いつしか土地の守りは強固になっていき、激しい戦闘《せんとう》が繰り返されるようになっていった。

友好的とは言えないが、帝国と王国はお互《たが》い深く干渉《かんしょう》することなく、無難な関係を保っていた。両国の行き来は比較的《ひかくてき》自由に行われていたのだが、皇帝が臥《ふ》せったことにより関係が悪くなる。平和主義である王国側からは、文書での抗議《こうぎ》が幾度となく入ったが、帝国側は全て無視し続け、略奪の手を緩《ゆる》めることはなかった。

国王が、帝国の皇子はどのような人物なのかと彼女に尋《たず》ねたので、彼女は『横暴で傲慢《ごうまん》で冷酷《れいこく》非道でエッチで最低な人です』と淡々《たんたん》と答える。

エッチという部分は本来ならこの場では必要のない情報だが、彼女は言わずにはいられなかった。エロ皇子だと他国に知れ渡ってしまえという願いを込《こ》めて伝える。

だって大嫌《だいきら》いだから。

「君には帝国への忠誠心はないようだと聞いたが、本当か？」

「はい。そのようなものは元々持ち合わせておりません。大切な故郷はありましたが、そこにはもう大切な人はおりません」

「そうか……ではもう戻《もど》れなくても構わないのだな」

「はい。二度と戻りたくありません」

フィオナはきっぱりと言い放つ。

「ふむ。ところで君はマティアスのことをどう思う」

何の脈絡《みゃくらく》もない唐突《とうとつ》な質問に、彼女は『なぜ？』と思ったが、国王からの質問なのだからきちんと答えないといけない。彼女はしばし考えた。

マティアスとは口を利《き》いたこともない敵同士だったにもかかわらず、ここに来てからはずっと優しくしてくれている。

望みを聞いてくれて、細やかな気遣いで世話を焼いてくれる。

温かくて、一緒にいると安心する存在だ。そう、まるで――

「お母さん……？　マティアスはお母さんみたいです」

「ぶはッ」

一番しっくりくる表現をしてみたら、後ろから噴《ふ》き出《だ》す声が聞こえてきた。

振り返ると、ルークが口を押さえてぷるぷると震《ふる》えていた。

「おかっ、お母さん……」

彼は堪《こら》えきれずに、その場にしゃがみこんでしまった。

彼女は思ったことを口にしただけなのに、何がそんなに面白《おもしろ》かったのだろうかと疑問に思いながら前を向き直すと、国王も少し震えて下を向いていた。

護衛騎士や側近も、表情こそ変わらないが小刻みに震えているように見える。

「くくく……お母さんか……あいつ不憫《ふびん》だな……」

国王は笑いを堪えながら呟いた。

(不憫……？　そっか、男性にとってはお母さんと言われることは屈辱《くつじょく》なんだ)

せめてお父さんと言えば良かったのだろうか。だけと、どう考えても彼は『お母さん』がしっくりくる。一度言葉に表すと、もうそれ以外は考えられない。

だけどマティアスを辱《はずかし》めるような表現をしてしまい、申し訳ない気持ちになる。

「あの、マティアスには言わないでいただけますか」

「くく……分かった。黙《だま》っていると約束しよう。他の者たちも決して口外しないように」

国王が周りの者たちに目をやると、彼らは軽く頭を下げて了承《りょうしょう》の意思を表した。

「お心遣《こころづか》い感謝いたします」

この場にいる数人が今後口外しないなら、大丈夫《だいじょうぶ》だろう。フィオナも本人の前でうっかり言ってしまわないように、気をつけようと心に誓《ちか》った。

国王との謁見が無事終わり、フィオナとルークは王城から出た。

「お疲《つか》れさまっす。さてと、今から何しましょ？　今日はオレがマティアスさんの代わりに甘やかす日なんで、何でも言ってほしいっす」

「あぁ……やっぱり私、甘やかされてたんだね」

「そうっすよ。でろでろなんで諦《あきら》めて受け入れるしかないっす」

こうもはっきり言われると、逆に清々《すがすが》しくなる。

「私に同情してくれてるからだよね。嬉《うれ》しいけど普通《ふつう》にしてほしいな。望みを聞いてもらわなくても、もう十分幸せだからこれ以上は良いよ」

しみじみのんびりと告げると、ルークはピタリと足を止めて、ポカンと口を開けた。

信じられないものを見たような顔をしている。

「え、マジ？　あんだけあからさまなのに気付いてないとかマジっすか？」

「まじって何？　あからさまに甘やかされてるってことは、ちゃんと気付いてるよ」

フィオナはこてんと首を傾《かし》げた。気付いていると今話しているところなのに、何がマジなのかが分からない。

（うわぁ……マジだ）

マティアスの行動はあからさますぎて、さすがにぼんやりとした彼女でも気付いていると思っていたのに、まさか全く理解していないだなんて。

どうしたものかとルークは悩んだ。マティアスが彼女を女性として愛《いと》しく思っているのは、誰《だれ》の目から見ても明らかなのだと教えようか。しかし自分が教えたことにより、彼女が彼に対してよそよそしくなってしまい、二人の関係が悪くなってしまったら……。

（うん。やめといた方がいいな）

そんなことになったら、命がいくつあっても足りない。

「いや、それでいいっす」

「??」

彼は何も教えず、傍観《ぼうかん》することにした。

余計なリスクは負わずに、無難に日々を過ごしたいのだ。

「で、何したいっすか？」

「結局聞くんだ……えっとね、散歩がしたいかな。この辺りは来たことがなかったから」

「散歩っすか。了解《りょうかい》っす」

二人はこのまましばらく王城の周りを歩くことにした。

「ねぇ、私がお世話になってる建物は宮廷魔術師《きゅうていまじゅつし》の宿舎って聞いたけど、ルークも住んでるの？」

「オレは二階に住んでるっす。あそこは魔術師の拠点《きょてん》であり宿舎でもあるから、皆《みんな》はホームって呼んでるっすよ。隣《となり》の建物は騎士の拠点で、マティアスさんはそこで過ごしているっす。ちなみにフィオナさんがいる部屋は超《ちょう》ビップルームっす」

「やっぱり」

何となくそうだろうとは思っていたから驚《おどろ》きはしない。でもなぁと希望を口にする。

「普通の部屋に移動できないかな」

「無理っすね」

「どうしてもダメ？」

「文句があるならマティアスさんに言ってほしいっす。権力を振りかざして好き勝手してるのはあの人っすから」

そう言われてしまうと、もう何も言えなくなる。

マティアスにはすでに、部屋が豪華《ごうか》すぎて落ち着かないから移動できないかと伝えたことがあるが、気にしなくていいと却下《きゃっか》されているのだ。

「うん、もういいや」

「そうそう。人間諦めが肝心《かんじん》っす」

二人で顔を見合わせて苦笑いし、しばらく王城の周りを散歩してからホームへと戻った。

「すんません、自分ちょっと限界っす」

「分かった。行ってきて」

建物に入ってすぐのところで、ルークはトイレに行きたいと訴えた。フィオナを五階の部屋まで送る余裕《よゆう》がないため、彼女を廊下に待たせて向かうことにする。

「ほんとすんません、しばらく動けなくするっす」

「はーい」

両手をすっと前に差し出すと、ルークは左の枷《かせ》に向けて黒い魔力《まりょく》を飛ばした。

枷に描かれている紋様《もんよう》に魔力が吸い込まれると、彼女はみるみるうちに体の力が抜《ぬ》けていき、その場にペタンと座り込んだ。

呪印《じゅいん》の発動を確認すると、彼は走ってトイレに向かった。

どうやら左手の枷に施された呪印は、体から力を奪うものだったようで、彼女は手を軽く握るのが精一杯《せいいっぱい》なほど力が出ない。どう頑張《がんば》っても立ち上がれそうにない。

呪印士《じゅいんし》ってすごいなぁとしみじみ感心しながら座って待っていると、後ろから歩いてきた人物が、自分の目の前でピタリと足を止め、こちらにつま先を向けた。

ダークグレーのスボンと黒い靴《くつ》しかフィオナの視界には入っていないので、誰なのか分からない。上を向くのも一苦労だけど、何とかグググと顔を持ち上げて、目の前の人物の顔を見上げる。

青い襟付《えりつ》きシャツを着て、長い前髪《まえがみ》を真ん中で分けた少し目付きの悪い黒髪の男性は、何だか見覚えがあるような、戦ったことがあるような気がした。

「こんにちは」

「……」

フィオナは挨拶をしてみたけれど、返事はない。

彼が無言で右手をそっと前に出したので、彼女は何だろうとじっと見た。手のひらからじわっと水が出てきたところで、あぁもしかしてと思った次の瞬間《しゅんかん》には、バシャッと頭上から水が襲《おそ》ってきた。

「はっ、魔力を封《ふう》じられてるとただの弱っちい女なんだな」

結構な量の水をその手から放出し終えてから、彼はようやく口を開いた。投げ捨てるように言い放つと、びしょ濡《ぬ》れのフィオナを蔑《さげす》んだ目で見下ろす。

そんな状況《じょうきょう》でも彼女は至って冷静なまま、全く動じない。

「……あ、いつも水で攻撃《こうげき》してきてた人だ」

水を頭から被《かぶ》ったことにより、この人はよく水の渦《うず》などで攻撃をしてきた人だと思い出した。もちろん彼女はその攻撃を押し返したり凍《こお》らせたりと、難なく対処していた。

彼は平然としているフィオナにピキッと青筋を立てるが、彼女は淡々と話しかける。

「ねぇ、ちょっとお願いがあるのだけど」

「何だよ」

彼は不満そうに緑色の目を細めている。

「あのね。後でこの水片付けておいてもらえるかな。このままだと通りかかった人が滑《すべ》っちゃうから」

「はぁ？　ならオマエが拭《ふ》けばいいだろ」

彼は少しだけ声を荒《あら》らげたが、彼女は動じることなくマイペースに考えだした。

「そっか。そうだね。でも濡れたまま雑巾を取りに行ったら廊下を濡らしちゃうし……どうしようかな……」

「……」

うーんと悩みながら、どこまでものんびりゆったりと話すフィオナに調子を狂《くる》わされ、彼は顔をしかめて無言になった。

「っっあー！　グレアムさんこのやろう、何てことしてんすかー！」

トイレを済ませたルークがバタバタと走り寄ってきた。そのままフィオナの枷にそっと触《ふ》れて、体の力を奪っていた呪印を解除する。

「グレアムさん、さっさと水を消すっす」

「っっだよ、うっせぇな。元々そのつもりだったっての」

面倒《めんどう》くさそうに言い放つと、彼はすぐに水を消し去った。まともに動けるようになったフィオナはよっこいしょと立ち上がる。

「ありがとう。私フィオナって言うの。よろしくね」

彼女は何事もなかったかのようにのんびりゆっくり穏やかに自己紹介《しょうかい》をするので、グレアムは眉《まゆ》をひそめる。

「はっ、変なヤツ」

そう言い捨てると、彼はさっさと立ち去ってしまった。

ずっと淡々と受け答えしていたフィオナだが、彼の捨《す》て台詞《ぜりふ》に衝撃《しょうげき》を受けてしまった。

「私って変なんだ……」

変なヤツと言われてちょっぴり悲しくなり、か細い声で項垂《うなだ》れる姿に、ルークはすかさずフォローを入れる。

「変じゃないっすよ。変なのはあの人の方っす。いい年して恥《は》ずかしい」

「ほんと？　いい年って、あの人いくつ？」

「二十三歳っす。あれで自分より年上だなんて、ほんと信じられないっすよ」

ルークは腕《うで》を組みながら顔をしかめている。

「そう。マティアスと同い年なんだね」

「そっすよ。マティアスさんも大概《たいがい》アレっすけどね……」

「あれって何？　マティアスは優しくて素敵な人だよ」

「あー……はい。そっすね」

フィオナさん限定なんすけどね……という言葉は、彼女に聞こえない声で言った。

「それよりフィオナさん、さっきは一人にしてすまなかったっす。まさかあの短時間にグレアムさんがちょっかいを出してくるなんて、さすがに思わなくて」

「ううん、気にしないで」

「そっすか。それじゃ部屋に戻りましょっか」

「うん」

二人は彼女の部屋に向かって歩き出した。

五階まで階段を上っていき部屋に着くと、フィオナは胸元のリボンを外した。シャツの一番上のボタンも外してふぅと一息《ひといき》吐く。

首元までしっかりかっちり締めているのは苦手なのだ。

ルークとテーブルを囲み椅子《いす》に座ってお喋りしていると、給仕《きゅうじ》の人間がワゴンを押して部屋に入ってきた。

手早く二人分のお茶を淹《い》れ、焼き菓子《がし》などを並べ終わると、さっさと退室していく。

ココットにはハチミツとジャムがそれぞれたっぷり入っていて、フィオナはマティアスの顔を思《おも》い浮《う》かべてふっと笑った。

皿に小さなマフィンを一つ取って、ジャムをたくさんかけてからかぶりつく。

飲み物は温かい紅茶。口の中をスッキリとさせるために、こちらは何も入れずに飲む。

少しの間だけどびしょ濡れになった体に温かい飲み物が染《し》み渡り、ふぅとまた一息吐いた。そしてしみじみと思いを口にした。

「ねぇ、ここの人たちっていい人ばかりだね」

「頭から水ぶっかけられたばっかなのに、何でそういう感想になるんすか？」

「だって、あからさまな悪意を向けられたのはさっきが初めてだったから。水をかけられて、あぁこれが普通の反応だよなぁって思ったんだ」

「あーなるほど。それはっすね……」

ルークは、フィオナが敵だったにもかかわらず、あまり悪意を向けられていない理由を話しだした。

フィオナが戦場で誰も命を落とさないよう、手加減していたこと。

味方であるはずの帝国魔術師《ていこくまじゅつし》の攻撃をこっそりと妨害《ぼうがい》していたこと。深手を負った王国の魔術師や騎士が撤退《てったい》できるよう、手助けしていたこと。

「……え。何で知ってるの？」

絶対にバレていない自信はあった。遠隔《えんかく》で魔術を放つ時は、その場に魔法陣《まほうじん》を描く必要がある。彼女が魔術を放つ時、描いた陣は腕輪《うでわ》と同じ金色の光を放っている。なのでバレないようこっそりと魔術を使う時だけ、白い光を放つように手を加えていた。

『敵は全て退けろ』という皇子の命令に背《そむ》いていると自身の心が判断してしまうので、呪印による痛みが毎回襲ってきたが、ほんの一瞬《いっしゅん》だけなので何とか我慢《がまん》していた。

完璧《かんぺき》に隠《かく》しながら行っていたのに、なぜバレていたのだろうと驚く。

「気付いたのはマティアスさんっす。そんでフィオナさんを捕《と》らえたことを機に皆にバラしたんすよ。皆、不自然に思ってたことが多々あったみたいですんなりと納得したっす」

「……そうなんだ」

なるほど。だからレイラも普通に優しくしてくれて、廊下ですれ違う人たちの視線にも悪意を感じなかったのかと納得する。

敵視されるよりはずっといいけれど、何だか恥ずかしくなり、両手で頬《ほお》を覆《おお》った。

「フィオナ、今日は町に遊びに行くぞ」

いつものようにマティアスと朝食をとっていると、彼女は唐突にそう言われた。

「……まち？」

まちというのはあの町だろうか。町に遊びに行くとマティアスは確かに言った。

言葉の意味をゆっくりと呑《の》み込み、そしてじわじわと喜びが湧《わ》いてくる。

「わぁぁ」

町だ。町に行ける。朝食を終えると、フィオナはうきうきしながら若草色の半袖《はんそで》ワンピースに着替えた。同色の丸襟《まるえり》と細くて黒いリボンがついたものだ。裾《すそ》には控《ひか》えめにフリルが付いている。髪はいつものように後ろで緩く編み込んだ。

「ハンカチは持ったか」

「ポケットに入れたよ」

「羽織るものを持つんだぞ」

「今日は暖かいから良いよ」

「ダメだ。今は暖かくても曇《くも》りだしたらすぐに気温が下がるからな。羽織るものを持っていくんだ」

「うん、分かった」

彼は今日もいいお母さんっぷりだ。フィオナは言われた通りにクローゼットから黒いカーディガンを取り出して手に持った。

マティアスは黒いズボンに白いシャツというシンプルな格好で、腰《こし》にはもちろん神器である蒼《あお》い剣《けん》を携《たずさ》えている。

「アクセサリーは着けなくていいのか？　宝石箱にあるものは好きに使っていいんだぞ」

そう言われ、フィオナはどう答えようかと悩む。もちろん着けたいに決まっているけれど、お高そうなものばかりなので遠慮しているのだ。

「えっとね、このワンピースだけでも可愛くて満足だから、着けなくて大丈夫だよ」

「アクセサリーは苦手なのか？　それとも気に入るものがなかったのか？　それなら別のものを用意するが」

あぁ、これは良くない流れだと彼女は焦《あせ》って弁明する。

「ううん、違うの。どれも素敵だから選べなくて……そういうのは着けたことがないから苦手かどうか分からないし……」

マティアスは彼女が遠慮していることに気付き、ドレッサーの引き出しを開けて宝石箱を取り出した。蓋《ふた》を開け、さてどうしようかと考える。

好きなのを選べと言っても選ばないだろうし、畏《かしこ》まらなくていいようシンプルなものにしようか。いや待てよ、そう言えば今日行くつもりの場所には、ゆらゆらと揺《ゆ》れるアクセサリーは控えた方が良さそうだ。あれこれ考え、髪留めを一つ取り出した。

「髪留めならさほど気にならないだろう。今日はこれを着けていって、途中《とちゅう》で嫌《いや》になったら外せばいい」

そう言って右耳の上辺りに着けた。

「……うん」

フィオナは小さく返事をして、ドレッサーの鏡を覗《のぞ》き込む。漆黒《しっこく》の髪留めには小さな七つの宝石が散らばっていて、夜空の星のように輝《かがや》いている。

彼女の頬がうっすらと染まり、口元に笑《え》みが浮かぶのを確認し、マティアスはこれでよしと満足する。

「それじゃ行くか」

「うん」

部屋を出て長い廊下を歩き、階段を下りていった。フィオナは道中で出会った魔術師たちにペコリと頭を下げながら歩く。

外に出ると王城がある方とは反対に行く。門を出て並木道を数分歩き、大きな赤い橋を渡ると、カラフルなレンガの建物が立ち並ぶ城下町に到着した。

フィオナはどこに行きたいかという問いに『どこでも』と答えたので、マティアスが好きに町を連れ歩くことに決まった。しかし彼は注意深く観察しているのだ。彼女がじぃっと何かを見つめる瞬間を見逃《みのが》しはしない。

フィオナは、『あ、あそこ何の店だろう』『あ、あの行列はなんだろう』と思ったところにマティアスがピンポイントで行くので、喜んで後を付いていった。

一時間半ほど経った頃《ころ》には、マティアスはいくつもの紙袋《かみぶくろ》を手に持っていた。彼女が興味を抱《いだ》いたであろうものを、何も聞かずに片《かた》っ端《ぱし》から購入《こうにゅう》していったからである。

もちろん、彼女はそれらが全て自分の物だなんて知らない。

「ねぇ、私も荷物持つよ」

「却下だ」

「えー……」

一瞬で断られてしまったので仕方なく諦める。

昼食は彼女が食い入るように見つめていた屋台で購入し、ベンチに腰かけて食べた。

「こういうの初めて食べるんだ」

「そうか」

フィオナはチキンと野菜がたっぷり入ったホットクレープにかぶりつく。

「ゆっくり食べるんだぞ。ほら、ソースついてるぞ」

「……ん、ありがと」

マティアスは彼女の口の端《はし》にソースがつくたびに、さっと拭いていった。

食事を終えるとまた少し町をぶらぶらと散策し、彼が事前に予約をしておいた場所へと向かった。

壁に大小の肉球が描かれた建物に到着し扉を開けた瞬間、彼女は目を大きく見開きキラキラと輝かせる。店内のいたるところに猫がいる。ここは猫喫茶《ねこきっさ》だ。

予約席に座るとすぐに、フィオナの膝《ひざ》の上に一匹《ぴき》の黒猫がぴょんと飛び乗った。

「ふわぁぁ……」

フィオナは感動し、両手を中途半端《ちゅうとはんぱ》に前に出したまま、ぷるぷると震えている。

「触《さわ》ってもいいんだぞ」

「……っっ、うんっ」

マティアスに促《うなが》され恐《おそ》る恐る猫の顎下《あごした》を撫《な》でると、猫はすぐにゴロゴロといいだし、自分で喉《のど》をフィオナの手にこすりつけるような仕草をした。

「わぁ……可愛い……」

あまりの可愛さに感動して頬を紅潮させる。

「あぁ。可愛いな」

マティアスは猫を一切《いっさい》見ずに言いながら表情を和《やわ》らげる。その目には彼女しか映っていないが、当の本人は猫に夢中なので気付いていない。

黒猫を愛《め》でながら話していると、店員が注文を取りに来た。フィオナは甘いミルクティー、マティアスはコーヒーを注文する。

黒猫はしばらく彼女の膝の上にいたが、ぴょんと飛び降りてどこかへ行った。

名残惜《なごりお》しく感じていたが、すぐに飲み物が運ばれてきたので、フィオナはミルクティーを飲む。しかし足元にすり寄ってくる猫たちを構いたくてうずうずしだした。

「あっちに猫のおもちゃが置いてある。行ってくるといい」

「っっうんっ」

フィオナはパアッと顔を輝かせ、すぐに向かった。円形ラグの上に座り、猫じゃらし片手に夢中で数匹の猫と触れ合った。

マティアスは頬杖《ほおづえ》をつきながらコーヒーを飲み寛《くつろ》いでいる。こちらは進んで猫と触れあう気はなさそうだが、たまに膝に乗ってくる猫を優しく撫でていた。

もちろん常に目線の先には猫と戯《たわむ》れるフィオナがいる。

猫喫茶は城下町で人気の癒《いや》しスポットである。完全予約制で制限時間もあるので、時間いっぱいまでしっかりと堪能《たんのう》し店を出た。

「あのね、私、動物は何でも好きだけど猫が特に好きなの。だからマティアスが偶然《ぐうぜん》あの店を予約してくれててすごく嬉しかった」

「そうか。それは良かった」

彼は涼《すず》しい顔をしているが、もちろん偶然などではない。

彼女が動物図鑑《ずかん》の猫のページをよく見ていたことや、部屋の窓から中庭で寛ぐ猫をじーっと見ていたこと、散歩中はきょろきょろしながら猫を探していたこと、数あるタオルの中から猫の刺繍《ししゅう》入りのものをよく使用していたことを知っている。

猫は好きかと確認を取ってから連れていっても、遠慮がちになると思い、あえて聞きはしなかったのだ。

店を出てから少し歩いたところで、彼はピタリと足を止めた。

「そこのベンチで荷物と一緒に少し待っていてもらえるか。あそこの角を曲がった先の詰所《つめしょ》で用事を済ませてくる」

「うん、分かった」

言われるがままベンチに座ると、彼は横に紙袋を置いた。

フィオナが手首を前に差し出すと、マティアスはフッと笑う。

「ここに鎖はないぞ」

「あ、そっか」

「では行ってくる」

あれ、何もしなくて良いのかな？　そう思いながらも、彼の用事を邪魔《じゃま》してはいけないと大人しく待つことにする。

先《さき》ほどの可愛かった猫を思い出しながら、ぼーっと青空を見ながら待っていると、十分ほどでマティアスが戻ってきた。

「待たせたな」

「ううん、全然」

再び歩きだし、町の大図書館へとやって来た。三階建ての大きな建物で、敷地内《しきち》には広い庭があり、建物の中と外に読書スペースが設置されている。

「俺はいくつか頼《たの》まれている本を探す。君は自由に過ごしていてくれ。庭に出ても構わないが、敷地外には出ないでほしい」

「うん、分かった」

しばし別行動することになった。フィオナは館内を見て回り、気になった本を手に取っていく。本を五冊選ぶと、右手に抱《かか》えながら庭に向かった。

端《はし》の方に一人用の円いテーブル席を見つけたので、そこに腰かける。

「自由だなぁ……」

今まで丸一日の休みなんてなかったのに、この国に来てからは毎日が休みだ。

こんなに贅沢《ぜいたく》な暮らしでいいのだろうか。捕虜なのに。

「早く役に立てるようになりたいな」

そんな気持ちが日に日に大きくなっていく。自分は神器がなくても、魔術師としては優《ゆう》秀《しゅう》な方で、しっかりと役に立てるような働きができるはずだという自負はある。

驕《おご》りではない。帝国一の魔術講師から、もう教えられることは何一つないとの言葉をもらっている。それだけの技術や知識は身に付いているのだ。

もし魔力が戻ったら、今度は自分の意志で、人のために力を使いたいと思っている。

一時間ほど読みふけっただろうか、数冊の本を片手に持ったマティアスがやって来た。

「そろそろ帰ろうと思うが借りたい本はあるか」

「えっとね、これとこれ良いかな？」

「分かった。手続きをしてくるから、残りの本を片付けてきてくれ」

「はーい」

マティアスは彼女の手から二冊の本を受け取ると、表紙の猫の絵を見てふっと笑った。

手続きが終わると、マティアスはカウンターから預けていた荷物を受け取った。

図書館を出てホームへと戻ることにする。

少し肌寒《はだざむ》くなってきたので、フィオナはカーディガンを羽織った。

「すまないが、本を届けてくるのでここで待っててくれ」

「うん」

マティアスは行きと同じく詰所へと向かったので、フィオナはベンチに座って荷物と共に待った。今日は一日楽しかったなぁと、雲が増えてきた空を見上げる。

数分経った頃マティアスが戻ってきた。

「待たせたな。それでは帰るか」

「うん」

帰り道は行きに通らなかった道を通って帰ったので、ホームに到着した頃にはマティアスが持つ紙袋は倍に増えていた。

フィオナの部屋に戻ると、彼はテーブルの上に大量の紙袋をどんと置く。

「これは全て君の物だ。好きに使うといい」

「えぇ？　これマティアスの買い物じゃなかったの？」

「君のだ。そして返品は受け付けないから、使うなり処分するなり好きにしてくれ」

「……」

まさかの事実にフィオナは言葉を失った。

彼が購入しているところを隣でずっと見ていたから、紙袋の中身は自分が気になったものばかりだということを、彼女は知っている。

そして、遠慮しても聞いてもらえないということも知っている。

「……マティアスありがとう」

素直にお礼を伝えると、マティアスは満足気に笑みを浮かべた。

「どういたしまして」

今日一日、彼女が楽しむ姿が見られて、どんなものを好むか知ることができて、それだけで彼は大満足だった。

町に出かけてから数日後、再び国王との謁見が入ったというので、フィオナは前回と同じ服に着替える。マティアスにおかしなところがないかチェックしてもらい、準備が整うと、彼は真剣《しんけん》な顔でフィオナに向き合った。

「恐らく今日、陛下からこの国の魔術師になる気はあるかと尋ねられると思うが、嫌なら断っていいからな」

「え?……でも、私をこの国に連れてきたのは、この国に取り込むことが目的だったんじゃないの?」

「まぁそれもあったが、嫌なら無理する必要はない。もう魔術師として生きたくないと願うなら、俺がそうさせてやる。これからは誰にも縛《しば》られることなく、君の思うように生きればいい。誰にも文句は言わせないから、陛下には自分の意思を素直に言うんだ」

力強い瞳から、彼は本当に自分が望むことは何でも実現させる気なのだと分かる。

フィオナは自分の考えや思いを正直に言うつもりでいたが、聞き入れてもらえるだろうかという不安を抱えていた。だけど彼のおかげでそんな不安は消え去った。

「あのね、私この国に来てから、マティアスのおかげで毎日が楽しくて幸せだよ。幸せすぎて、早く私も役に立ちたいって気持ちがどんどん大きくなっていくの。私は自分が一番得意なことを役立てたい。だからね、陛下にはそういう気持ちをしっかり伝えたい」

「……そうか、分かった。君の思いをそのまま伝えるといい」

「うん」

笑顔《えがお》で返事をすると、すぐにルークが部屋にやって来た。

「そんじゃ行きましょか」

三人で王城へと向かうため、レンガの小道を行く。マティアスは今日は黒い騎士服だ。

入り口の前まで到着すると、前を歩いていたルークがフィオナに向き合った。

「念のため枷の呪印を新しく描き直していいっすか」

「うん」

すぐに両手を前に差し出すと、ルークは左手の枷にそっと触れ、描かれていた紋様を払《はら》い除《の》けて消し去った。そして指先に黒い魔力を纏《まと》わせ新たな紋様を描いていく。

元々あったものとは形が違うが、呪印に詳《くわ》しくないフィオナには効力の違いは分からない。万が一に備えて威力《いりょく》を上げたのかなと思ったくらいだ。

「これでよし、と。それじゃ行きましょか」

王城に入ると、前回と同じく騎士二人がフィオナたちの後ろを付いてくる。そして玉座の間へと入った。

挨拶もほどほどに国王はフィオナに質問を始める。

「帝国への忠誠心はないと言っていたが、それは今も変わらないか」

「変わりありません。忠誠心など元々微塵《みじん》も持ち合わせておりませんでした」

「そうか。ではこの国の魔術師として忠誠を誓う気はあるか」

覚悟《かくご》をしていた質問に、マティアスの言葉を思い出す。

「この国の魔術師として力を振るい、裏切るような真似《まね》は決してしないと誓います。私は早くこの国の役に立てるようになりたいです。ですが非道な行いは一切したくありません。ですので、そのような命令を受ける可能性がある呪印を身に刻みたくはありません」

フィオナは今思っていることを、臆《おく》することなく正直に答える。

国のために非道なことをしろと言われたら、今度は潔《いさぎよ》く死を選ぶつもりだから。

その前にマティアスたちにしっかりと恩返しをする機会を与《あた》えてもらえたら、それで満足だ。

「そうか。裏切るつもりがないならそれで構わん。ここの魔術師や騎士たちとは上手《うま》くやっていきたいと思うか」

「まだここの人たちとはあまり交流はありませんが、今まで迷惑《めいわく》をかけた以上に彼らの役に立ちたいと思います。ルークやレイラさんには優しくしていただいていますし、マティアスにもすごくお世話になっています。何だか過剰《かじょう》に甘やかされていますが……」

フィオナがマティアスのことを語りだした。この流れはちょっとマズいかもしれない。

後ろで見守っていたルークは、口に手を当てながら狼狽《うろた》えていた。

（ダメっす。余計なことは言っちゃダメっすよ！）

心の中で切実に願う。しかし残念ながらその願いは届かなかった。

「だけど気持ちには感謝しています。いつも優しくて私の世話を焼いてくれてお母さんみたいで……あ」

なぜか言うつもりはなかった余計な言葉まで付け加えてしまった。パッと口を押さえたがもう遅《おそ》い。マティアスの耳にしっかりと届いてしまった。

「お母さん……」

何ともか細く、それでいて重苦しい声が、しんと静まり返った王の間に響いた。

ルークはあちゃーという顔をして頭を押さえ、国王は顔を背けて震えている。

「くく……君の気持ちの確認は以上だ。もう下がっていいぞ」

「……はい。失礼いたします」

微妙な空気が流れる中、謁見は終了《しゅうりょう》した。

王城から出ると、とぼとぼとレンガの小道を戻る。

マティアスは暗い顔をして『お母さん……お母さんか……』とぶつぶつと呟いていて、足取りもおぼつかない状態だ。

その背中を見ながらフィオナは罪悪感でいっぱいになり、泣きそうな顔をしていた。

「どうしよう。言うつもりはなかったのに余計なことまで言っちゃった」

「すんません、オレのせいっす。王城に着いた時に枷の呪印を描き直したでしょ。あの時実は、嘘偽《うそいつわ》りなく話すようになる呪印を施して発動させてたんすよ」

ルークは申し訳なさそうに両手を合わせて頭を下げる。

「そうだったんだ……うん、それはしょうがないと思うよ」

陛下の前で自分が危険な存在でないと証明できて、嘘偽りない思いを伝えられたのだからそれは良かったと思う。だけどマティアスを傷付けてしまったのは良くない。

「ねぇ、今もまだ呪印の効力は続いてるんだよね？」

「はいっす。もう必要ないんで解除するっすね」

「ううん、ちょっと待って」

そう言って、フィオナはマティアスに近づいた。

「マティアス、ごめんなさい。お母さんみたいだなんて言われたら男の人にとっては屈辱だよね。だけど悪い意味じゃなくて、お母さんみたいに身の回りのお世話をしてくれて気遣ってくれる素敵な人っていう意味なの」

「……そうか」

マティアスの声色《こわいろ》はとてつもなく暗い。

「マティアスと一緒にいると安心できて幸せな気持ちになれるの。それにね、すごく男前で逞《たくま》しくて素敵だと思う。声も格好いいし優しいし全部好きだよ」

「……す……き……？」

好きという言葉にピクリと反応するマティアス。ずっと下を向いていた顔を上げると、目が合ったフィオナは微笑《ほほえ》んだ。

「うん。好きだよ。今まで出会った人の中で一番好き。嘘《うそ》じゃないよ。まだ嘘偽りなく話す呪印がかかってるから」

フィオナが左手の枷を見せると、後ろで見守っていたルークは『ほんとっすよー』と言った。

「一番……そうか」

フィオナが口にした好きには、恋愛的《れんあいてき》な意味は含まれていない。平然としている様子からもそれは明らかだ。それでもマティアスにとってはじーんとくる言葉だった。

一番という言葉を頭の中でこだまさせながら、嬉しさを噛《か》みしめる。

「そう思っていてくれて嬉しい。君の中で一番でいられるのなら、今はまだお母さんと思われていても平気だ。別に屈辱だなんて思っていないから大丈夫だぞ」

「本当に？　でも陛下は『不憫だな』って言ってたよ」

「……あの人は常人と感覚が違うから気にしなくていい」

「そうなんだ。それなら良かった」

彼の表情が和らいだことにフィオナは安堵《あんど》し、見守っていたルークもホッと息を吐《つ》く。

「あれ？　でもあの時ルークはすごくおかしそうに――」

「あーあー！　フィオナさんストップ！　ストップっす！　その話はお仕舞《しま》いにして、左手を出してほしいっす」

危険を察知したルークは、火の粉が飛ぶのを未然に防ぐため、彼女の言葉を遮《さえぎ》る。

慌《あわ》てて二人の間に割り込んできた。フィオナが左手を前にすっと出すと、ルークは嘘偽りなく話す呪印を解除し、そのまま枷も取り外した。

「これでおっけーっす。右の魔力封じの枷はまだ外せないけど、今日からは左の枷と鎖は必要なくなったっす。ここの敷地内では自由にしていいっすよ」

「え？　何で？」

「君は害のない存在だと認められたからな。逃亡《とうぼう》する意思がないことも確認済みだ」

「確認……もしかしてこの前のお出かけって……」

町中で何回か一人になっていたのはそういう意図だったのかと腑《ふ》に落ちた。

このまま逃《に》げて、どこかで呪印士に解呪《かいじゅ》してもらったら自由になってしまうのに、いいのかなぁと思っていた。

そんな気は一切起こさずに、ぼんやりと待っていたけれど。

「俺にとってはそっちはついでで、君を町に連れ出すことの方が重要だったがな」

マティアスはフィオナを楽しませることに全力を注いでいた。本当はずっと側にいたかったのに、何回か側を離《はな》れなければいけないことを不満に思っていたほどだ。

詰所ではずっと眉間にシワを寄せて、ブツブツと小言を言っていた。

「そっか……自由か」

フィオナは浮かない顔をしている。

魔力はまだ戻らないから役に立てるわけではない。だけど行動は自由になったのだ。

「それじゃもう、マティアスと一緒に過ごせなくなるんだね……」

「ぐ……」

俯《うつむ》き加減で寂《さび》しそうに言う姿にマティアスはキュンとなる。しかし細やかに世話を焼きに行かなくなることは事実。

彼はしばらく疎《おろそ》かにしていた任務に本格的に戻らなければいけないのだ。

「世話を焼くことは減るが朝晩一緒に食事をとることはできる。休日や時間がある時は会いに行くつもりでいるが構わないか？」

「ほんと？　やった。ありがとうマティアス」

顔を綻《ほころ》ばせる姿に、マティアスは心の中で歓喜《かんき》し、拳《こぶし》を強く握った。

「違いないっす」

## 第三章　第一魔術師団へ

自由になったことにより、フィオナは食堂で食事をとることになった。

部屋で食べてもいいんだぞとマティアスは言うが、手間になるからいいと断った。彼が残念そうな顔になったのは言うまでもない。

昼食の時間になったので、部屋まで迎《むか》えに来たマティアスと共に食堂に向かう。

食堂では数十人の魔術師《まじゅつし》や騎士《きし》たちが食事をしている最中だった。

ローブを身に着けている者や騎士服、私服姿の者など様々で、彼女は目が合った人たちにペコリと頭を下げていった。食事を注文し、少しその場で待ってから受けとると、トレーを運んで空いている席に座った。

フィオナは小盛りのトマトパスタとサラダ、マティアスは山盛りの角切りステーキに山盛りのパン、サラダ、スープだ。

「マティアスはいつもいっぱい食べるね」

「あぁ、神器を使用しているとすぐに空腹になるからな。君もそうだったのではないのか」

「そうだね。でも私はあまり量を食べられないから甘いもので凌《しの》いでいたよ。甘いものは好きだから苦にならないの。帝国《ていこく》で粗末《そまつ》な食事になってからは、甘いものは貰《もら》えなくなって、代わりに丸薬を与《あた》えられたから辛《つら》かったな……」

「それは辛かったな。ここではたくさん食べるといい」

「うん、ありがとう」

後でデザートを取りに行くといいと言われ、楽しみにしながら食事をとり始めると、レイラがやって来た。

「フィオナ、明日からうちの訓練に参加するんだってね」

「はい。まだ魔力《まりょく》は使えませんがよろしくお願いします」

「ええ、よろしくね」

フィオナはレイラが団長として率いる、第一魔術師団の一員となることが決まった。

封《ふう》じられている魔力は、様子を見ながら少しずつ解放されていくことになる。

「うちはひねくれた子がいるから、ちょっと苦労するかもしれないけど。できるだけサポートするからね」

「ありがとうございます」

ひねくれた子と聞いて、真っ先にグレアムの顔が浮《う》かんだ。廊下《ろうか》でフィオナに水を被《かぶ》せてきた人だ。

翌日、フィオナは黒いズボンと白いシャツに着替《きが》え、髪《かみ》は後ろで緩《ゆる》く編み込んだ。食堂に向かい、マティアスとルーク、レイラと共に食事をとると、部屋にまた戻《もど》ってきた。

訓練の開始時間は一時間後なので、それまで椅子《いす》に座って本を読んだりぼーっとしたりして過ごす。時間になるとクローゼットを開けてローブを取り出し身に着けた。

王国の魔術師としての深緑色のローブだ。

ここでは一般的《いっぱんてき》な魔術師は深緑色のローブ、治癒士《ちゆし》や呪印士《じゅいんし》など、素質のある者しか就《つ》けない専門職は白いローブを身に着けている。

部屋に迎えに来たレイラと共に外に出てしばらく歩き、第一魔術師団が訓練を行う演習場に着いた。

だだっ広い演習場には二十名の団員が揃《そろ》っており、その中には長い前髪《まえがみ》を真ん中で分けた黒髪の男性、グレアムの姿があった。フィオナはやっぱりなぁと思った。

「今日からうちの仲間になったフィオナよ。もう敵じゃないんだから仲良くすること。苛《いじ》めたら許さないからね！」

レイラは腰《こし》に手を当ててビシッと言い放つ。

団員たちは、『はいっ』『はぁーい』『うっす』『えー……』『めんどくせ』などと、全く統一感のない返事をする。『めんどくせ』はグレアムだ。

「フィオナです。今までご迷惑《めいわく》をおかけしてすみませんでした。しっかりと働いて役に立ちたいと思っています。今日からよろしくお願いします」

彼女はいつものようにゆったり穏《おだ》やかに、外見からは想像もつかないほどののんびり具合で挨拶《あいさつ》をするものだから、団員たちはしばし固まった。

あれ、何かイメージと違《ちが》うぞとなり、隣《とな》り合《あ》った者同士ヒソヒソと話しだす。

「さぁ、お喋《しゃべ》りは終わりにして走り込みからよ。演習場三十周ね。フィオナは久しぶりの運動だろうから、限界だと思ったら歩いていいわ」

「はい」

魔術師といえど、体力と武術を身に付けることは必要だ。魔力を温存しておきたい時や尽《つ》きてしまった時に、ある程度は戦えるようにしないといけない。

フィオナはここしばらくまともに運動していないし、元々あまり持久力はない。神器があれば魔力が尽きる心配などなく、疲《つか》れた時は風を操《あやつ》り自身の体を軽くしたりと、魔術に頼《たよ》りながらやってきた。体力作りをする必要はなかったのだ。

最後まで付いていくのは無理かもしれないけれど、できる限り頑張《がんば》ろうと気合を入れて最後尾《さいこうび》を走る。そしてなんとか歩かずに三十周走り終えた。

「頑張ったわね。ちゃんと最後まで走りきれたじゃない」

「はひぃ……」

他の団員から二周遅《おく》れで走り終え、その場にペタンと座り込んで力なく笑う。

すでにヘロヘロだ。

「グレアム、フィオナにお水飲ませてあげて」

レイラはすぐ横にいたグレアムに声をかけた。

「あー？　なんで俺なんだよ。水出せる奴《やつ》なら他にもいるだろ」

「そこにいるからよ。団長命令」

グレアムは心底面倒《めんどう》くさそうな顔をしながらもフィオナに近づき、やる気なさげに右手をぶらんと前に出した。

「ほら、口開けろ」

フィオナは上を向いて、言われるがまま口を開ける。

しばらく待つと彼の指先から水が出て、程よい量が彼女の口に入ってきた。口を閉じてごくんと飲み込むと、また口を開けろと言うので再び水を貰う。

「もう良《い》いか」

「もうちょっと」

「ったく」

面倒くさそうにしながらも、グレアムは水を数度出してくれ、彼女はごくんと飲み込んでいった。

「ありがとう、グレアム」

喉《のど》が潤《うるお》ったフィオナは微笑《ほほえ》みながらお礼を言う。

「団長命令だからな」

素っ気なくそう言って、グレアムは後ろを向いて離《はな》れていった。

レイラは彼が素直《すなお》に水を飲ませると思っていなかったので、少し驚《おどろ》いている。

まずは今までの腹いせに、大量の水を被せるものだと思っていたから。

彼女は、彼がもうすでにフィオナの頭から水を被せ済みであることは知らないのだ。

少し休憩《きゅうけい》した後は、各自で中型の魔術を遠隔《えんかく》で放つ訓練が始まった。フィオナは魔力を封じられているので見学だ。

広い演習場に散らばり、各自それぞれ空中に魔法陣《まほうじん》を描《えが》いて空に向かって魔術を放っていく。

魔術は頭の中で複雑な魔術式を構築し、そこに自身の魔力をうまく合わせることで、ようやく発動させられるもの。

魔術式さえ覚えれば、水、火、風、土、光など様々な属性の魔術を扱《あつか》えるようになる。

しかし属性ごとに全く異なった魔術式を頭の中で組み立てることは、優《すぐ》れた魔術師でも困難で、規模が大きくなればなるほど、その複雑さは増していく。

故《ゆえ》に、一人の魔術師が扱える属性は二種類ほどで、それをいかに速く正確に発動させられるかが重要になる。

「何か気になることがあったら言ってくれるかしら」

隣《となり》で団員たちの様子を見ているレイラがそう言うので、フィオナは前方で竜巻《たつまき》を起こしている女性を指差した。肩《かた》より少し長い青髪の二十歳《はたち》前後に見える女性だ。

「あの青い髪の人の魔法陣、ちょっと改良した方が良いと思います」

「え、そうなの？」

二人は女性の下へと近づいた。フィオナは彼女が描いた魔法陣の一部を指差す。

「ここを変えた方が良いと思うの」

そう言って地面により良い紋様《もんよう》を描く。これは魔術書をいくつも読んだ末に、フィオナが独自に生み出した紋様だ。

女性は眉《まゆ》をひそめながらも、レイラに促《うなが》されて渋々《しぶしぶ》魔法陣の一部を変更《へんこう》する。

そして再度魔術を放つと、竜巻は先ほどより空高く上がっていった。

「っわ、威力《いりょく》倍になりましたよ。魔力消費量は変わっていないのに」

「本当に？　フィオナお手柄《てがら》よ」

「ありがとう。すごいねフィオナさん」

「どういたしまして」

二人に褒《ほ》められて恥《は》ずかしくなり、フィオナは頬《ほお》を少し染めた。

その後もレイラに連れられて演習場内を見回り、改良できるところを指摘《してき》していった。

訓練は午前中で終わり、フィオナは部屋に戻ってシャワーを浴びることにする。

久しぶりにしっかりと運動をして汗《あせ》をかいた。疲れたけれど清々《すがすが》しい気分だ。

シャワーを終えると、黒い半袖《はんそで》ワンピースを着て魔道具《まどうぐ》で髪を乾《かわ》かし、ポニーテールにする。そして昼食をとるために食堂へと向かった。

お腹《なか》が空いているので、魚料理とサラダ、パンは二つにした。

マティアスとルークは任務に出ていて不在なので、窓際《まどぎわ》のカウンター席に座り一人で食べ始めた。しばらく黙々《もくもく》と食べていると、すぐ隣の席にカタンとトレーが置かれたので、誰《だれ》だろうと見上げる。

「隣いいかな」

青髪の女性がフィオナに声をかける。

「うん」

にっこりと笑って返事をし、第一魔術師団の団員であるニナと隣《とな》り合《あ》わせで食事をとることになった。

フィオナの隣の席に行こうかと思っていたレイラは、その様子を後方から眺《なが》め、口元に笑《え》みを浮かべ違う席に行くことにした。

フィオナはさっそくニナと仲良くなり、気さくなニナから、第一魔術師団のことをいろいろと教えてもらった。

食事をとり終えると、ニナは午後は任務に出ると言うので、食堂を出てすぐに別れた。

魔力を封じられているフィオナには、もちろん任務はない。

少しの間、中庭を散歩していたが、瞼《まぶた》が重くなってきたので自室に戻ることにした。

今日は久しぶりに走ったので疲れたのだ。

「フィオナ、入ってもいいか？」

部屋の扉《とびら》をノックして呼《よ》びかけるが返事はなく、マティアスは扉の横にもたれかかる。

どうしようかと悩《なや》むこと数分、レイラが前を通りかかった。彼女の部屋は同じ五階にあるのだ。

「どうしたの？」

「夕食に誘《さそ》いに来たのだが返事がない」

「あら、そうなの」

そう言うと、レイラは何の躊躇《ためら》いもなくフィオナの部屋の扉を開けた。

「鍵《かぎ》もかけずに何やってるのかしら……あら、ふふふ」

中を覗《のぞ》いたレイラが口に手を当てて笑うので、マティアスも後ろから覗き込み、そして固まった。

フィオナは膝丈《ひざたけ》のワンピースのまま、ベッドでクッションを抱きしめながら寝《ね》ていたからだ。足をくの字に曲げているため太《だ》ももが露《あらわ》になっている。

彼は他の人間が通りかかる前に、慌《あわ》ててレイラを部屋に押し込み扉を閉めた。

「あらあら。独占欲《どくせんよく》かしら」

「煩《うるさ》い」

何とでも言うがいい。マティアスが彼女にご執心《しゅうしん》というのは、すでに知《し》れ渡《わた》っているから今更《いまさら》だと開き直っている。

彼はフィオナにそっとタオルケットをかけた。

「今日は久しぶりに走ったから疲れたのね」

二人は気持ち良さそうに眠《ねむ》っている様子を見ながら話をする。

「彼女は第一でうまくやっていけそうか」

「そうね。グレアムは何だかんだ文句を言いながらも世話を焼いていたし、ニナとはさっそく仲良くなったみたいよ。問題なのはミュリエルくらいかしら」

レイラは頬に手を添《そ》えて苦笑いをする。

「ミュリエル？　あいつは怒《おこ》りっぽいが、新入りをいびるような子じゃないだろう」

「そうだといいけどね……」

「それよりグレアムが世話を焼いたというのを詳《くわ》しく聞かせろ」

マティアスの目は据《す》わっている。レイラは呆《あき》れてじとーっとした目で彼を睨《にら》んだ。

今日の訓練後、彼女はグレアムにある話を聞いていたのだ。

グレアムがフィオナにすでに大量の水を被せ済みだったこと、そのせいで彼がマティアスにどえらい目に遭《あ》わされたことを。

「あなた、大概《たいがい》にしておかないとそのうち嫌《きら》われるわよ。この子が居づらくなるようなことはしないでね」

「ぐっ……」

思い当たる節があり、彼は口ごもる。

「……ん」

何だか話し声が聞こえるなぁとフィオナはもぞもぞと動きだした。むくりと起き上がり、ぼーっと目をこすりながら二人を見る。

「……マティアス？……レイラさん？」

「フィオナ、夕食の時間だぞ」

「……ごはん？……行く」

彼女はまだ頭がぼんやりとしているようだ。ベッドから下りてそのまま扉へと向かおうとするので、マティアスに腕《うで》を掴《つか》んで止められた。

「待て待て、そんな頭で行こうとするな」

「あたま？」

彼はボサボサになったポニーテールのまま行こうとするフィオナをベッド横の椅子に座らせる。洗面所から櫛《くし》を持ってくると、ゴムを外して彼女の髪を丁寧《ていねい》にとかしサラサラに仕上げ、後ろで一纏《ひとまと》めにする。

その間にフィオナの目はしっかりと覚めた。

「よし、これでいい」

「ありがとう、マティアス」

「何か羽織っていくんだぞ」

「はーい」

フィオナは言われた通りにクローゼットからカーディガンを取り出して羽織る。

その様子をじっと眺めていたレイラはボソッと呟《つぶや》いた。

「あなた母親みたいね」

「ぐっ……」

マティアスの胸に重い一撃《いちげき》が入る。

フィオナはやっぱりそうだよねとしみじみ思ったが、口には出さなかった。

レイラも夕食はまだということで三人で食堂へ向かった。

少し遅《おそ》い時間なので人はまばらだ。カウンターで注文をし、受け取った食事をトレーで運ぶ。マティアスとフィオナは向かい合わせに座り、レイラはフィオナの隣に座った。

「今日は走ったそうだな。足は大丈夫《だいじょうぶ》か？」

「足？　何で？」

「前に俺が右足の膝《ひざ》から下を切り落としたことがあっただろう」

「あぁ……そんなこともあったね」

マティアスと戦っていたことが遠い昔のように感じられるが、彼女は当時を思い出す。

戦場で彼と相対した時に、魔術障壁《まじゅつしょうへき》の強度が足らず、斬撃《ざんげき》をまともにくらったことがあったのだ。すぐに切り口を凍《こお》らせ止血し、特大魔術をいくつも放って撤退《てったい》した。

焦《あせ》っていたのでやりすぎてしまい、あの人死んじゃったかも……と不安に思いながらしばらく過ごすことになった。

その数日後にマティアスの姿を確認《かくにん》でき、生きていたことに心から安心したなという記憶《きおく》が蘇《よみがえ》った。

「帝国の治癒士に癒《いや》してもらったから何の違和感《いわかん》もなく動くよ」

「そうか、良かった。あの時はすまなかったな」

「謝らないで。私もマティアスの腕を吹《ふ》っ飛《と》ばしたことあるし、お互《たが》い様だよ」

「あぁ、あれはわざとくらったんだ」

マティアスがしれっと言うのでフィオナはキョトンとなる。

「え？　何で？」

「君の反応を見たかったからだ」

「えー……何それ……」

フィオナが味方を妨害《ぼうがい》し、敵である自分たちの手助けをしている。それに気付いて以来、彼は幾度《いくど》となく彼女を試《ため》していた。

わざと隙《すき》を見せても攻撃《こうげき》してこず、疲れた様子を見せると攻撃の手を緩めてくる。面白《おもしろ》くなったマティアスは、彼女が放った風の刃《やいば》を防御《ぼうぎょ》することなく受けてみることにした。手首から下が切れる程度で済ませるつもりでいたが、軌道《きどう》を読み違えてしまい、左腕をごっそり切り落とされてしまったのだが、後悔《こうかい》はしていない。

「マティアスこそ左腕に違和感はない？」

「問題ない。むしろ繋《つな》ぎ直してもらってから調子が良くなったように思う」

「それ私もだよ。大怪我《おおけが》をした時はそこだけ治癒《ちゆ》するより、思いきってスパッと切り落として、繋ぎ直した方が良いのかなって思った」

目の前で朗《ほが》らかに切り落としトークに花を咲《さ》かせている二人を、レイラはじとーっと見る。スペアリブにかぶり付きながら。

「ねぇ、その話は今しないでもらえるかしら」

目を細めてひときわ低い声でそう訴《うった》えられると、二人は『はい……』と言って静かになり、食事に集中した。


とある日の昼下がり。

フィオナはベンチに座りながらぼーっと曇《くも》り空《ぞら》を見上げていた。流れる雲を眺めながら、どうしたものかとぼんやりと考えているところへ、グレアムが後ろから覗き込む。

「オマエ何やってんの？」

グレアムは眉をひそめている。なぜなら彼女は泥水《どろみず》にまみれているから。

「どうしようかなって考えていたところだよ。ねぇ、頭から水かけてくれない？」

「めんどくさい奴だな」

そう言いながらも水をかけてしっかりと泥を洗い流し、そしてしっかりと乾かした。

「ありがとう。廊下を汚《よご》しちゃうから部屋に帰れなくて自然乾燥《かんそう》を待ってたの。だけどそれでも土で廊下を汚しちゃうしなぁって思ってたんだ」

「それやったのミュリエルだろ。栗色《くりいろ》の髪を耳の上の高さで二つに括《くく》ったヤツ」

「あー……うん、そうだね」

誰にやられたのかはわざわざ言うつもりはなかったが、ピンポイントでその人物を言い当てられてしまった。

「アイツやっちまったな。余計なことしたら酷《ひど》い目に遭うって教えといたらよかったか……」

グレアムはベンチにもたれかかり、遠くを見ながら目を細めてしみじみと言う。

「酷い目って何？」

「マティアスに半殺しにされるってことだ。あの野郎《やろう》まじ鬼畜《きちく》」

そう言って、フィオナの隣にどかっと座った。

「半殺しって何で？　何したの？」

「何って……オマエ心当たりあるだろ」

「⁇」

フィオナはよく分からず首を傾《かし》げる。心当たりと言われても、グレアムのことはまだあまりよく知らない。

廊下で水をかけられたり、訓練の時に水を飲ませてもらったくらいだから。

水を……。

「まさかとは思うけど、私があなたに水をかけられたからじゃないよね？」

「そのまさかだよ」

「ええー……」

フィオナはドン引きだ。水をかけられた報復に半殺しだなんてさすがにやりすぎである。

自分はそんなことを頼《たの》んでいないし、そもそも報告すらしていない。

マティアスに伝えたのは恐らくルークだろうと考えた。

「アイツ、俺を延々と繰《く》り返《かえ》し半殺しにするために、側に治癒士を控《ひか》えさせてたからな」

「うわぁ……」

話を聞いて言葉を失っていると、ルークが二人の方へ走り寄ってきた。

「窓から何だか汚れてるフィオナさんが見えたから来てみたんすけど、グレアムさんが綺《き》麗《れい》にしたっすか？」

「あぁ、めんどくせぇが水で流してやったんだよ」

「そっすか……もしかしてミュリエルさんっすか？」

なぜかルークもその名前を言い当てた。彼女が自分を嫌う理由に心当たりがあるようだ。

しかし今はそれを聞くことよりも、惨事《さんじ》を未然に防ぐことに努める。

「マティアスには内緒《ないしょ》だよ。じゃないと酷いことするみたいだから。グレアムが私に水をかけたことを話したのってルークだよね？ 酷い目に遭ったみたいだから今度からは言わないでほしいの。女の子に酷いことしたらさすがに嫌いになっちゃうよ」

「グレアムさんのことは、黙《だま》ってて後からバレた時にオレが酷い目に遭うから報告したんすよ。フィオナさん、今の話は本人に直接言ってもらえると嬉《うれ》しいっす」

「そうだな。『女の子に』ってところを『仲間に』って言葉に言い換《か》えといてくれ」

真剣《しんけん》な顔をした二人から頼まれて、フィオナは快く承諾《しょうだく》する。

そしてその日の夕食時にさっそく伝えた。

フィオナから窘《たしな》められたマティアスは『ぐっ……』と小さく唸《うな》った。

フィオナが第一魔術師団の一員になって二週間が経《た》った。

団員たちと彼女は気軽に接するような仲になった。しかし彼女に泥水をかけたミュリエルだけはツンとしたそっけない態度のままで、頑《かたく》なに仲良くしようとしない。

フィオナは悲しく思ったが、自分が敵だった時に酷いことをしたから恨《うら》まれているのだろうと諦《あきら》めていた。グレアムとルークに詳しい理由を知っているか聞いてもも教えてもらえなかったが、それしか理由に心当たりはないのだ。

ある日の夕食後、フィオナはルークとマティアスと共に部屋に戻った。何やら話があるとのことだ。少し経ってからレイラもやって来た。

フィオナはソファーに座るよう促されて腰《こし》かける。前にはルークとレイラが立っていて、マティアスは椅子に腰かけて見守る。

「フィオナさんの魔力を少しだけ戻す許可が下りたっす。右手を出してください」

ルークにそう言われて右手を頭の位置まで上げて差し出すと、彼は枷《かせ》に人差し指を当てた。一つの紋様がスッと消えたと同時に、彼女は少しだけ魔力が戻った感覚を抱《いだ》いた。

「これで二十分の一だけ戻ったはずなんで、ちゃんと魔術が使えるか確認してみてほしいっす」

フィオナは両手のひらを上に向けた。小さな火の玉、水の玉、氷、竜巻とパパパパッと両手同時に次々と出していき具合を確かめる。

「うん。問題なく使えるよ」

手から視線を上に移すと、ルークとレイラは驚いた顔で固まっていた。

「ちょっと、今の何？　どうやったの？」

「速すぎっすよ。魔術式の構築速度が半端《はんぱ》ないっす」

より速くスムーズに魔術を使えるように訓練をすることは、魔術師にとって当たり前のことだ。だけどフィオナの術発動の速度は常軌《じょうき》を逸《いっ》していた。

「流れるような魔術操作は神器のおかげじゃなかったんすね」

「あの金の腕輪《うでわ》には、使い手の魔力を増幅《ぞうふく》させる以外の効果はないよ」

「そうだったのね。本当に驚いたわ。どうやったらそんな風になれるの？」

レイラはフィオナの顔を上から覗き込み、興奮ぎみに質問をする。

「えっとですね、毎日十三時間くらい魔力操作の訓練をしていたら、数年でできるようになりました」

「……そう。そんなに長時間訓練を続ける魔力を持ってる人間はいないと思うわ」

フィオナの答えにレイラは苦笑いだ。

「そうですか……それじゃやっぱり腕輪の力ですね」

魔力を増幅させる腕輪がなければ成し得なかったことなんだと納得《なっとく》していると、ずっと座って見守っていたマティアスが立ち上がり、フィオナの前にしゃがんだ。

「いや、君の努力の成果だ。辛かっただろうによく頑張ったな」

藍色《あいいろ》の優《やさ》しい眼差《まなざ》しで、労《いたわ》るようにそっと言葉をかけられ、彼女はじんわりと胸が熱くなる。

なかなか上手《うま》く魔力を扱えなかった頃《ころ》は、魔術講師からはいつも叱《しか》られてばかりで。

どんなに辛くても誰にも弱音は吐《は》けず、独りぼっちの寂《さび》しい部屋でいつも泣いていた。

両親の前では心配をかけないように笑っていたから。

「……うん。いっぱい頑張ったんだ」

マティアスに褒めてもらえた。それだけで辛かった日々が報《むく》われた気がして、フィオナは少し涙《なみだ》を浮かべて微笑んだ。

魔力が少しだけ戻ったことにより、翌日の訓練からは、フィオナも魔術を使えるようになった。

「今日は一対一での対人訓練よ。フィオナはまだ少ししか魔力を使えないから、魔力が尽きる前に降参すること」

「はい」

団長であるレイラが組み合わせを決め、選ばれた二人は演習場の真ん中に向かい合って立つ。残りの団員たちは離れたところから見学する。

比較的《ひかくてき》大規模な魔術も使用しながら戦う。遠慮《えんりょ》は一切《いっさい》なしだ。双方《そうほう》ともに怪我をするが、治癒士が一人待機しているので、手合わせが終わるとすぐに傷を癒せる。

「それじゃ次、ミュリエルとフィオナ！」

「はぁ？」

レイラが次の対戦の組み合わせを言うと、ミュリエルは立ち上がって文句を言った。

「ちょっとお姉……団長！　何で私とこの子なのよ？　こんな魔力を少ししか使えないよ

うな子の相手したって訓練にならないじゃない！」

ミュリエルは耳の上の高さで二つに括った栗色の髪を、激しく揺《ゆ》らしながら抗議《こうぎ》する。

「うるさい。文句なら手合わせした後に言いなさい」

レイラはそう一喝《いっかつ》すると、フィオナの方を向いた。

「フィオナ、遠慮はいらないから全力で叩《たた》きのめしなさい。団長命令よ」

「分かりました」

ここにいる治癒士の腕の良さは先ほど確認済みなので、フィオナは躊躇いなく了承《りょうしょう》する。

ミュリエルは眉を吊《つ》り上《あ》げまだ文句を言いたげだったが、さっさと演習場の真ん中へと向かった。フィオナもすぐ後を追って、二人は向かい合って立つ。

ミュリエルはキッとフィオナを睨んだ。その青い目には憎《にく》しみが溢《あふ》れている。

開始の合図と共に、ミュリエルは大きな炎《ほのお》の渦《うず》を放とうと右手に魔力を集めた。

本来ならまずは、防御力を高めるために体の周りに魔術障壁を張らなくてはいけない。

だけど目の前の相手は少ししか魔力を使えないのだから張る必要はないと考えた。

この攻撃だけで終わらせようと術式を構築する。しかし炎の渦を出現させる前に、全身に鋭《するど》い痛みが走った。

「痛っっ？」

自身の腕や足、肩にいくつもの細く鋭い氷の矢が刺《さ》さっていた。

（なんでっ？　いつのまに？）

だが今は考えている場合ではない。術式を中断されてしまったが、とにかく何か放とうと両手から炎の矢を放った。しかし放った直後に水の玉に呑み込まれて消えてしまう。

いつの間にか目の前に現れていた、小さな魔法陣から放たれた水の玉だ。

「っっ」

先を読まれて焦るミュリエル。それなら竜巻をと術式を構築し始めてすぐに、頭上から二筋の雷《かみなり》が落ちる。背中を撃《う》たれ術式は中断された。

「〜〜っっ」

その場に倒《たお》れ込み頭上を見上げる。そこには新たな小さな魔法陣が二つあり、炎の矢がミュリエルの両手を襲《おそ》った。

「っっあぁぁあ！」

手《て》の甲《こう》を焼かれうずくまる彼女は、風の刃に切りつけられる。いつの間にか三方向に現れた小さな魔法陣から放たれたものだ。腕と背中に痛みが走る。

その後もミュリエルは反撃《はんげき》する隙を一切与えられず、フィオナの小さな攻撃を受け続けた。

「フィオナ、そこまでで良いわ！」

離れたところからレイラが叫《さけ》び、二人の手合わせは終了《しゅうりょう》した。

すぐに治癒士がミュリエルの下へと駆《か》けつけ治癒を始める。いくつもの攻撃を受けたが、一つ一つは小さな怪我なのですぐに癒し終えた。

ミュリエルはその場にすっと立つと、手合わせ前と同じようにフィオナをキッと睨み付けた。その目には涙が浮かんでいる。

ミュリエルはフィオナが気にくわない。

理由は単純。大好きなマティアスを取られたからである。

兄のように慕《した》っていたマティアスがフィオナばかりを構い、自分の相手をしてくれなくなったのだ。腹が立って仕方がない。

ミュリエルはフィオナと戦場で何度か戦ったことがある。戦ったというよりは、一方的に攻《せ》められていたというべきか。

神器の使い手であるフィオナの攻撃はすさまじく、倒す術《すべ》などなかった。

強く美しく凛《りん》とした孤高《ここう》の魔術師、それがミュリエルが抱《いだ》いていたフィオナの印象だ。

そんな彼女が戦いの最中に倒れた。つい直前まで平然とした顔で特大魔術を放っていて、王国側の人間は誰一人として彼女にかすり傷一つ付けていないはずなのに。

ぐらりと前に倒れたフィオナは、慌てて駆け寄《よ》ったマティアスに受け止められた。

彼は自身の膝《ひざ》の上に彼女の頭を乗せ、ルークに枷を装着させると、すぐに抱き上げた。

彼は、『残りの敵は蹴散《けち》らしておけ』と王国の魔術師たちに命じ、そのまま戦場から消えた。

ミュリエルは言われるがまま敵の魔術師たちを追《お》い払《はら》う。先《さき》ほど見た光景を思い出し、マティアスのあんな顔は初めて見たなぁなんて思いながら、魔術を放っていった。

彼が女性を愛《いと》しそうに見つめるところは初めて見たのだ。

任務を終えて拠点《きょてん》に帰ってくると、フィオナの事情は団長によって第一魔術師団の団員たちに知らされることとなった。何年も隷属《れいぞく》の呪印に縛《しば》られていたこと、敵である自分たちを攻撃しながらも手助けしていたこと。

ミュリエルは今まで不自然に思っていたことが腑《ふ》に落ちた。

もう絶対助からないと死を覚悟《かくご》した時に、誰かが放った魔術によって助かったことが数度あったのだ。

彼女は辛い思いをしてきたんだなと同情はした。だけど彼女がここに来てからというもの、マティアスが構ってくれなくなった。廊下で出会っても挨拶をするだけ。

モヤッとした気持ちが段々と苛立《いらだ》ちに変わる。

たまに食事を一緒《いっしょ》にとっていたのに、彼は食堂に来なくなってしまい、やっと来たかと思えば隣にフィオナの姿があった。苛々ムカムカが募《つの》る。

翌日からフィオナは第一魔術師団で共に訓練に励《はげ》むことになり、自己紹介《しょうかい》をするフィオナを見て衝撃《しょうげき》が走った。

なんだ、このぼんやりとした子は。戦場での凛とした姿の欠片《かけら》もないじゃないか。

こんなボケッとした子にマティアスを取られただなんて。しかも今は魔力を封じられていると言う。それじゃ何の取り柄《とえ》もないただのお荷物じゃないか。

心の中で思い切り悪態をついた。

しかしフィオナは鋭い観察眼と豊かな知識で、団員たちの魔術の向上に励んでいく。そして自分も指摘を受けてしまい、見たこともない紋様を勧《すす》められる。

ムカつくけれど、第一魔術師団の一員として能力向上に努めるために渋々受け入れた。

ある日の午後、中庭でフィオナの姿を見かけた。

長い空色の髪をさらりと下ろし、藍色の半袖のワンピース姿でベンチに座って空を眺めている。

ただそれだけなのに絵になるような綺麗さで、心の底からムカついた。だから泥水をかけて汚してやった。

フィオナは怒ることもなくキョトンとする。そして、『できれば頭から水をかけてくれると嬉しいんだけど』などと淡々《たんたん》とお願いをしてきたのだ。

イラッとして無言でその場から走って逃《に》げた。でもすぐに気になって、遠くからこっそりと覗いて様子を見ることに。

しばらくするとグレアムが通りかかり綺麗にしていたので、少しだけホッとした。

そして現在、魔力をほんの少しだけ使えるようになったというフィオナと手合わせをすることになり、ボロ負けした。

魔術式の構築速度も正確さも自分とは比べ物にならないほどで、全く太刀《たち》打ちできなかった。神器の有無《うむ》どころか魔力の量すら関係なく、フィオナは強かったのだ。

悔《くや》しくて涙で前が滲《にじ》む。

「っっ、嫌《きら》いっ。マティ兄を一人占《じ》めするアンタなんて大っ嫌いっ！」

ミュリエルは震《ふる》える声でフィオナに言い放つ。

「マティ兄……マティアスのこと？」

フィオナは少し困った顔で静かに質問する。

「そうよ。私にとってお兄ちゃんみたいな存在だったのに、アンタが来てから構ってくれなくなったのよ。一緒に食事もしてくれなくなったしっ」

「構って……」

フィオナは口に手を当てて下を向いて少し考え、そして顔を上げてミュリエルの顔を見た。

「あなたは私が敵だったから嫌っているわけじゃないってことで良いのかな？　私のこと恨んでないの？」

「はぁ？　当たり前じゃない。今はもう敵じゃないんだから。アンタの境遇《きょうぐう》には同情したし。そんなの関係なしにムカついてるって言ってんの！　マティ兄を独占しないでよっ」

ミュリエルは眉を吊り上げながらわめき散らす。

「そっか……関係ないのかぁ」

フィオナは安心し、目の前で散々わめかれているにも拘《かかわ》らず微笑んだ。

「っんなっっ。何で笑ってんのよっ！」

「だって。ホッとしたから」

「何でホッとしてんのよ」

「何でって言われても……」

「少しは怒んなさいよ」

「えー……怒る理由ないよ」

「いろいろあるでしょうがっ！」

「あーはいはい。続きは訓練が終わってからにしなさい。さっさとそこどいて！」

ミュリエルがわめくのは想定内だが、温度差の激しい言い合いが始まった。これは収《しゅう》拾《しゅう》がつかなそうだとレイラは割って入り一喝する。

二人は急いで対戦場から待機場所に戻った。フィオナは左の方へと歩いていくので、ミユリエルは正反対へ行く。

「フィオナさん、すごかったよ」

「ほんとな。みみっちい魔術の連発だったけど、発動速度えげつないなオマエ」

ニナに褒められ、グレアムにも言い方はともかくとして感心される。他にもちらほらとお褒めの言葉をもらい、フィオナはちょっぴり恥ずかしくなって、へへと笑った。

ミュリエルは遠く離れたところで、ムスッとした顔で腕を組みながら佇《たたず》む。

他の団員の手合わせを見ていると、苛々した気持ちは段々と治まっていって、もういいやという諦めの気持ちに変わっていった。

訓練が終わると、ミュリエルはさっさと部屋に帰ってしまったので、フィオナは声をかけそびれた。

仕方がないので自分も部屋に戻り、シャワーを浴びて着替えた。

その後、四階へと行き、レイラから場所を聞いたミュリエルの部屋の前までやって来て、扉をノックする。

「フィオナです。今いいかな」

声をかけても返事はなかったが、数秒後に扉がゆっくりと開き、隙間《すきま》から気まずそうに目を細めるミュリエルが顔を出した。

「……何よ」

「話がしたいんだけど」

「……分かった。入って」

扉が大きく開かれたので、フィオナは部屋に入った。

ミュリエルは扉をパタンと閉めると、そのままもたれかかる。そして目を逸《そ》らしながら口を開いた。

「泥水をかけて悪かったわね。アンタにつっかかることはもうしないよ。皆《みんな》の迷惑になることはもうしないで、同じ第一の仲間として協力してやっていきたいと思ってるから」

ミュリエルは不貞腐《ふてくさ》れながらも謝罪した。彼女はカッとなりやすい性格であることは自覚している。

第一魔術師団の一員としての誇《ほこ》りも持っているので、和を乱すような行為《こうい》は本当はしたくなかった。フィオナは何も悪くないということも頭では分かっている。

「ありがとうミュリエル。私もあなたとはうまくやっていきたい。あのね、私も謝りたいことがあって来たんだ。今までマティアスを独占しててごめんなさい」

フィオナはペコリと頭を下げた。

「マティアスは私の監視役《かんしやく》だったから、ずっと世話を焼いてくれていたの。監視が必要なくなった今でも気にかけてくれて、一緒に食事をしてくれるけど、それはもう必要ないって言っておくから」

本当はそんなことを言いたくないし、一緒に過ごせなくなったら寂しくなる。

けれど仕方がないと諦める。優しさに甘えることはもうやめて、ミュリエルへ大切なお兄ちゃんを返すことにする。後から来た自分が我慢《がまん》しないといけないから。

フィオナは少し寂しそうに笑みを浮かべた。

「これからもよろしくね。それじゃ」

フィオナは部屋を出ようと扉へと向かったが、ミュリエルは扉の前から動こうとしない。

「……あのさ、べつにアンタ……フィオナがマティ兄と仲良くしててもいいよ。フィオナにとってもマティ兄は大切な人なんじゃないの？」

ミュリエルは少し俯《うつむ》きがちに尋《たず》ねた。

気にくわないからといって、二人の恋路《こいじ》の邪魔《じゃま》をするほど野暮《やぼ》ではない。

フィオナとマティアスが相思相愛なのは、傍《はた》から見ても明らかなのだから。

「うん、そうだね。マティアスは私にとってお母さんみたいな大切な人だよ」

少しも考えることなくそう言い切って、ふんわりと微笑むフィオナ。

何だかおかしな返答がきた。ミュリエルは大切な人と言ったが、そういう意味で言ったわけではない。

「は？　お母さんって……いやさ、せめてお兄ちゃんじゃない？」

「ううん。お母さんだよ。お母さん以外の何者でもないよ」

フィオナは少しも引かない。現時点では彼女の中ではマティアスはお母さん、それはもう揺《ゆ》るぎないようだ。

ミュリエルは唐突《とうとつ》にマティアスが可哀想《かわいそう》に思えてきた。そしてなぜこんな子に腹を立てていたのだろうと脱力《だつりょく》する。

「……あー、うんそっか。それならさ、私たち二人とも我慢しなくていいじゃん。お兄ちゃんとお母さんだもん」

「なるほど。そうだね、役割が違うもんね」

無理やりな理屈《りくつ》にすんなりと納得して頷《うなず》くフィオナに更《さら》に脱力感は増す。

「……私バカみたい」

「え？　何で？」

「あー、うん。こっちの話だから気にしないで」

「？」

ミュリエルは、このぼんやりとした鈍《にぶ》い子がマティアスの想《おも》いを受け入れる日は来るのだろうかと心配になった。

二人はしばらく話をしていたが、昼食の時間になったため一緒に食堂へ向かった。

「フィオナ何食べんの？」

「どうしようかな。甘いの食べたいな」

「それは食後にしなよ。ちゃんと野菜とかいろいろバランスよく食べなきゃ」

「ミュリエルお母さんみたい」

「私までお母さんにするのやめてくれる？」

「はーい」

フィオナは言われた通りに、栄養バランスのよさそうな定食を選んだ。

二人並んでカウンターで注文の品を待つ姿に、居合わせた第一魔術師団の面々は口元に笑みを浮かべた。

何だかんだ言いながらも二人向かい合わせに座って食事を始める。

しばらくすると、任務から戻ったマティアスが食堂にやって来た。そして食事を載《の》せたトレーを運んでくると、自然とフィオナの隣に座った。

「お帰り」

「ただいま。ミュリエルと仲良くなったのか」

「うん。さっき仲良くなったの」

「そうか」

マティアスの表情はゆるゆるに緩み、その目は愛しそうにフィオナを見つめている。

ミュリエルはパスタを口に運びながらジト目で二人を見た。

こんなにあからさまなのに、『お母さん』などとフィオナは思っているだなんて信じられない。頬杖《ほおづえ》をつきながらはぁーと大きな溜《た》め息が出てしまう。

兄のように慕っている男が、急に残念な男に見えてきてしまったではないか。

フィオナはそんなミュリエルの心中など知らず、二人の仲を取り持とうと、マティアスにお願いごとを持ちかける。

「あのねマティアス、私がここに来る前みたいにミュリエルと接してあげてほしいの」

「んなっっ」

ミュリエルは突然《とつぜん》自分の話が出てきたことに驚き、カシャンッとフォークを皿の上に落とした。

「ん？　どういうことだ？」

マティアスにじいっと見られ、説明を求められたミュリエルは動揺《どうよう》した。

「ひえっ……やっ、あのっ、その……えっと」

とっさに言葉が出てこない。ずっと言いたかった言葉があるのに。

『もっと自分を構ってほしい』何度も言おうと思っていたその言葉は、いざ面と向かうと喉の奥でつっかえてしまった。

顔を赤くしてアワアワとしているミュリエルを見て、フィオナはマティアスにずいっと顔を近づける。

「あのね、マティアスがずっと私に付きっきりだったから、ミュリエルは兄のような存在に放っておかれて寂しかったみたいなの。だからもっとミュリエルを構ってあげてほしいんだ」

ミュリエルが言えずにいることは、フィオナが代弁して全て伝えた。

ミュリエルは恥ずかしい気持ちとホッとした気持ちが入りまじり、恥ずかしさの方がものすごく強くなって唇《くちびる》をキュッと結んだ。

「あぁ、そういうことか」

マティアスは理解した。確かにここ最近、自分はフィオナにばかり構っている。

ミュリエルは幼い頃から自分を兄のように慕ってくれていたので、妹のように可愛《かわい》がってきた。しかし彼女はもう十七歳だ。そろそろ兄離《あにばな》れをするだろうとこれを機に構わなくなっていたが、それで寂しい思いをさせてしまっていたのなら申し訳ないなと反省した。

「すまなかったな、ミュリエル」

そう言って前に手を伸《の》ばし、優しく頭を撫《な》でた。

ミュリエルにとっては久しぶりの感覚だった。昔からよくこうやって撫でてもらっていたのだ。

「……うん」

これだけでもう寂しかった気持ちは薄《うす》らいでいく。

マティアスに頭を撫でられ、顔を赤くしながらも穏やかに笑うミュリエルを見て、フィオナは安堵《あんど》した。自分のせいで離れていた距離《きょり》が元に戻ったようで一安心だ。

それにしても良いなと羨《うらや》ましい気持ちが湧《わ》いてきて、ようやく食事をとり始め、肉を切り分けている隣の手をじいっと見た。

「どうした？　肉欲しいのか？」

マティアスはフィオナのちょっとした仕草も見逃《みのが》さない。

「ううん、お肉は狙《ねら》ってないよ」

そう言って視線を目の前の食事に移して、黙々と食べ始める。

その様子から、何となく察したミュリエルがマティアスに言う。

「もしかしてさ、フィオナもマティ兄に撫でてもらいたかったりして」

「そうなのか？　今から撫でるか？」

「えっと……」

思わぬ申し出にフィオナは少し悩む。せっかくミュリエルが喜んでいたのに、自分も同じようにしてもらっていいのだろうか。だけど撫でてほしくてたまらない。

「遠慮しなくてもいいんだぞ？　何の手間でもないからな」

マティアスは、どうしようかと口をつぐんでいるフィオナの顔を覗き込む。

（……どうしよう）

ちらりと前の席のミュリエルの顔を窺《うかが》うと、『撫でてもらいなよ』と言いたげな顔で微笑んでいた。そっか。彼女が良いのなら良いのかと、フィオナは素直になることにした。

「……うん。えっとね、私も撫でてほしいの」

俯きながらそう言うと、すぐに大きな手に優しく撫でてもらえた。嬉しくてフィオナはえへへとはにかんだ。

「ありがとう。撫でられるのっていいね」

「……そうか」

彼女は満足気に最後の一口を食べ終えて立ち上がり、食後のデザートを取りに行った。

「マティ兄大変だね」

ミュリエルはフィオナの後ろ姿を見ながら、同情を込《こ》めて労りの言葉をかける。

マティアスは苦笑いした。

「分かってくれるか」

「うん。分かってないの本人だけだと思うよ」

「……そうか。そうだよな」

やっぱりそうだよなと肩を落とした。

フィオナの魔力が少し戻ってから数日が経った。

今日も朝から迎えに来たマティアスと、食堂で向かい合わせで席に座っている。シロップの入った器《うつわ》を手に取ったところでルークがやって来た。彼はマティアスの右隣《みぎどなり》に座った。

「はよっす。フィオナさんは今日も朝から甘々《あまあま》っすか」

「おはよう。魔力を使うようになったから、甘いの食べないと調子出なくて」

そう言ってパンケーキとフルーツが浸《ひた》るほどシロップをかけた。ナイフで小さく切り分けると、シロップの中を泳がせてしっかり絡《から》めてから口に運ぶ。

とにかく甘くて頬が緩む。

「うっわぁ」

「うげ……」

自分の背後からボソボソと声が聞こえてきたので、フィオナは後ろに顔を向けた。

「ミュリエル、グレアム、おはよう」

「おはよ。朝から何てもの食べてるのよ」

「はよ。見てるだけで胸焼けしそうだな」

「美味《おい》しいよ」

ミュリエルはマティアスの左隣、グレアムはフィオナの右隣に座る。

いろんな人に囲まれている。フィオナはそれがすごく嬉しくて、シロップが滴《した》り落《お》ちる甘い甘いパンケーキを口に放り込んで幸せそうに笑った。

「マティ兄……気持ちは分かるけどさ、あれはさすがにかけすぎだって。言った方がいいよ」

フィオナには聞こえないような小さな声で、マティアスの耳元に訴えかける。

「昼と夜はきちんとバランス良く食べているようだから、朝くらいは好きにさせてやれ」

「ミュリエルさん、マティアスさんの朝の楽しみを奪《うば》ったらダメっすよ。グレアムさんみたいに酷い目に遭うっすから」

隣の二人の会話にルークも交ざり、ヒソヒソ声で警告する。

前の席にいるグレアムは、自分の名前が聞こえた気がして睨んだ。

「オマエら何の話してんだ。コソコソすんじゃねぇよ」

「何でもないっすよ」

「そうそう。半殺しにされたくないって話よ」

「んだと、オマエだって泥水かけただろうがよ」

「っっそれはっ……」

「ちょっと待て、泥水と言ったな。詳しく聞かせろ」

フィオナが泥水をかけられたことは内緒にされていたので、マティアスは初耳なのだ。

隣から発せられた低い声にミュリエルの体はビクッと跳《は》ね、ルークはあちゃーという顔になった。

皆仲良しだなぁ。喧嘩《けんか》をしているのにギスギスとした空気は少しもなくて、居心地《いごこち》がいいなんて不思議だなぁと、フィオナは穏やかに微笑む。

騒《さわ》がしい彼らを眺めながら、朝食の時間を楽しんだ。

「マティアス、ミュリエルに酷いことしないでね。そんなことしたら嫌いになっちゃう」

「ぐっ……」

ミュリエルに詰《つ》め寄っているマティアスに、釘《くぎ》を刺すことは忘れない。

午後になると、フィオナはバケツを手から下げ、モップを担《かつ》いで廊下を行く。

汚れてもいいように黒い七分丈《たけ》ズボンに黒いシャツを着て、髪は高い位置でお団子にしている。今から魔術師の拠点であり宿舎である、この建物の廊下と階段の掃除《そうじ》を始めるのだ。

任務を受けられないフィオナは訓練と自室の掃除以外の予定がなく暇《ひま》をもて余していた。

今までは監視が必要だったけれど、今は敷地《しきち》内なら一人で自由に動けるのだ。

何でもいいので仕事が欲《ほ》しいとレイラに掛け合い、掃除という仕事をもらったのである。

掃除係がちょうど一人辞《や》めたというタイミングだったらしい。

まずは柄《え》の長いハタキで天井《てんじょう》をパタパタ。定期的にしないとクモの巣が張るようだ。

その後は窓ガラスを拭《ふ》いていき、廊下をモップがけする。階段をモップがけしながら下りていくと、次は下の階の掃除。そこも終わると更に下の階だ。

「ふう」

途中《とちゅう》で額の汗を袖《そで》で拭《ぬぐ》う。魔術は一切使わずに行うので、なかなか大変である。

頑張って一階まで掃除し終えると、今日のお仕事は終了だ。

喉が渇《かわ》いたので食堂へ行き水を飲む。この後は中庭のベンチでボーッとする予定だ。

「フィーちゃんおいでおいで」

提供カウンターにいる女性に手招きされたので向かうと、小さな紙包みを手渡《てわた》された。

「はい、これ甘いからお食べ」

「ありがとうおばちゃん」

中身が何かは不明だが、受けとってお礼を言った。

中庭のベンチに腰かけて、先ほど受け取った紙包みを開いてみると、そこには宝石のような形をした飴《あめ》が入っていた。ピンク、水色、黄色、紫色《むらさきいろ》と色鮮《いろあざ》やかで、食べるのが勿体《もったい》ないほど綺麗だ。もちろん食べるけれど。

一つ摘《つ》まんで口に放り込む。掃除で疲れた体に甘さが染《し》み渡って、今日もいい日だなぁと空を見上げた。

# 第四章　想いは募る

マティアスがフィオナと出会ったのは、今から一年と少し前のこと。

　この国が保有する魔鉱山《まこうざん》に帝国《ていこく》の魔術師《まじゅつし》たちが来るようになり、魔石《ませき》を略奪《りゃくだつ》するようになった時だ。

　第一魔術師団や第二魔術師団、騎士団《きしだん》で定期的に巡回《じゅんかい》し、追《お》い払《はら》うことに決定したのだが、彼らは逆に追いやられてボロボロになって帰ってきた。

　一人の魔術師が強すぎて、どうにもならなかったと言う。

「あの女ヤバすぎ。涼《すず》しい顔して特大魔術どんだけ放ってくんだよって感じ。オマエどうにかしろよ」

「ムリムリっ！　マティ兄ぐらいしか相手できないってあの子」

「どれだけ魔術を放っても、魔力《まりょく》切れしないみたいなのよね。私たちじゃ無理よ。あなたがどうにかしてくれるかしら」

　戦った者たちは皆《みな》、口を揃《そろ》えてマティアスにどうにかしろと言ってくる。

　その魔術師は二十歳《はたち》にも満たないほどの女性らしいが、とにかく桁違《けたちが》いの強さだと言う。

彼女が描《えが》いた魔法陣《まほうじん》は金色に輝《かがや》いていること、金色に光る腕輪《うでわ》を装着していることから、神器の使い手だと推測された。

それならもう本当に、彼が相手をするしかない。

しかし、敵がいつどの場所に現れるかは不明なのだ。彼は一番質の良い《い》魔石が大量に採れる国の北側の魔鉱山を巡回することになった。


待ち構えて三日後、ようやく彼の前に帝国の魔術師たちが現れた。

黒いローブ姿の魔術師たちの中で、ひときわ目立つ人物がいる。

空色の髪《かみ》をした凛《りん》と立つ女性、皆が言っていた金色の腕輪を持つ魔術師は、彼女で間違《まちが》いないと判断した。

彼女の容姿について、皆が口を揃えて美しいと言っていたが、マティアスも確かに美しいと感じた。だがそれだけ。それ以上の感情は持たなかった。

彼はモテるため女には不自由していない。あまり愛想《あいそ》の良い方ではないが見目はいいため、向こうから勝手に寄ってくる。

その時の気分で軽くあしらったり少し相手をしたりと、自由気ままにしていた。

一人に固執《こしつ》したことのない彼がわざわざ敵国の女性を好きになるなど有り得ないのだ。

共に待ち構えていた第二魔術師団の者たちが攻撃《こうげき》を仕掛《しか》けるが、全て彼女が放った魔術によって相殺《そうさい》されていく。

尋常《じんじょう》じゃない速度で、大型の魔法陣を描いていく姿を目の当《ま》たり《あ》にし、これは誰《だれ》も太刀《たち》打《う》ちできないはずだと納得《なっとく》する。

話には聞いていたが実際目にすると本当に見事で、敵ながら感心していた。

マティアスの持つ蒼《あお》い神器はありとあらゆるものを斬《き》り裂《さ》く剣《けん》だ。

彼女の描く魔法陣や放つ魔術を片《かた》っ端《ぱし》から斬り裂いて消滅《しょうめつ》させていく。

そしてマティアスの放つ斬撃《ざんげき》も、幾重《いくえ》にも重ねた岩壁《がんぺき》や魔術障壁《しょうへき》によって、ギリギリ彼女には届かない。

二人の戦いに決着がつくことはなく、帝国側は渋々撤退《しぶしぶてったい》していった。

エルシダ王国の国王は平和主義者なので、こちらから攻め入《せい》ることは決してしない。

文書による抗議《こうぎ》しか行わなかったため、調子に乗った帝国は幾度《いくど》となく略奪を試みて攻めてきた。

マティアスがその場に居合わせた時は、必ず彼が彼女の相手をした。

二人が一対一でやり合う周りでは、帝国の魔術師たちと王国の魔術師たち、騎士たちが戦っている。

王国側の方が実力者が多く、帝国側はいつも押されぎみだ。

そうなると彼女はマティアスと戦っているにもかかわらず、仲間の援護《えんご》をし始める。

そのため自身の防御《ぼうぎょ》が疎《おろそ》かになり、刃《やいば》を受けてしまうこともしばしば。

片足を切断され、早々に撤退を余儀《よぎ》なくされることもあった。

とある日の休日、帝国がまた攻めてきたとの情報が入り、マティアスは休日返上で駆《か》けつけた。辿《たど》り着いた時にはすでに味方は彼女の攻撃によりボロボロになっていた。

マティアスはいつものように彼女の相手をする。ふと近くで戦う仲間に目をやると、魔力切れになり帝国の魔術師に止《とど》めを刺《さ》されそうになっていた。

危ない。そう思った瞬間《しゅんかん》、仲間を守るように魔法陣が現れ、帝国の人間が吹《ふ》き飛《と》ばされていった。

良かった、仲間が援護をしてくれたようだ。そう思ったと同時に目の前の女性の顔が歪《ゆが》んだ。腹部を押さえて苦しんでいるように見える。

どうしたのだろうとマティアスは思ったが、すぐにいつもの無表情に戻《もど》ったので、彼はその時はそれ以上何も気にすることなく戦った。

それ以降、マティアスは彼女が急に苦痛に顔を歪めるところを、何度か目撃《もくげき》するようになる。

さすがに何かがおかしいと疑問に思うようになり、彼は注意深く観察し始めた。

そうして気付いたことは、味方が命の危険に晒《さら》された時には必ずどこからか援護が入り、必ず目の前の女性は苦しみだすということ。

わざわざ白く光る魔法陣を描いて、気付かれないようこっそり敵の援護をしているのか？　彼女は本当は戦いたくないのではないか？

マティアスはそれを確かめるため、彼女が放った風の刃を防御することなく受けてみることにした。

手首から下をなくす程度で済ませるつもりでいたのだが、軌道《きどう》を読《よ》み違《ちが》えてしまい、左腕を肩《かた》から切り落とされてしまう。

……しまった。やめておけばよかった。

一瞬《いっしゅん》深く後悔《こうかい》したが、その考えは彼女の驚《おどろ》いた顔を見て瞬時に消え去った。

ピタリと動きが止まり、明らかに動揺《どうよう》して泣きそうな顔になっている。

その目に段々と涙《なみだ》が浮《う》かんできたことにより、マティアスはたまらず口元を緩《ゆる》ませた。

(なんだこの子、可愛《かわい》すぎる)

すぐ近くにいた魔術師がマティアスを守るように魔術障壁を張り、側で控《ひか》えていた治癒《ちゆ》士《し》が止血した。

その場で完全に治癒することはできないので撤退することにしたが、彼は自分が無事に撤退できるよう、苦痛に顔を歪めながら尽力《じんりょく》している彼女の姿に、また口元が緩んでしまった。

それからというもの、マティアスは敵である彼女を愛《いと》しく思うようになってしまった。

彼女をどうにか仲間にできないものか。

そう思い、呪印士《じゅいんし》であるルークを戦いの場に同行させ、判断させることにした。

ルークは自身の胸元《むなもと》に手を当てて魔力を流しながら、じっと彼女を観察する。

そして帝国の魔術師たちが撤退した後、マティアスはルークに尋《たず》ねた。

「どうだ？　あったか？」

「そっすね。腹部に呪印があったっす。彼女が苦しんでいる時には、ばっちり呪《のろ》いが発動していたっす」

「やはりそうか……」

何者かに命じられて嫌々《いやいや》戦っているのなら、どうにかしてこちら側に引き込めないだろうか。

マティアスは国王に相談した。相談と言うよりは決意表明と言うべきだろうか。

誰にも文句は言わせまいと、持て余していた自身の権力を活用することにした。

「俺はあの子を仲間にして、ここに連れてくるつもりでいます。誰にも邪魔《じゃま》はさせません。文句があるなら誰だろうと相手をしてやりますから、そのつもりでいてください」

高らかにそう宣言すると、国王はフッと笑い、『好きにしなさい』と投げやりに言った。

許可を得たマティアス。そうと決まれば、彼女がここで暮らす部屋を確保しなければ。

どうせならいい部屋にしようと、五階という微妙《びみょう》な場所にあるため、たいして使われることなく持て余されていた特別室をいただくことにした。

寝具《しんぐ》や衣類などはレイラに相談しながら手配し部屋を調える。そうしていつでも彼女を迎《むか》え入れられるようにした。

後は説得するだけだ。彼女が現れたと連絡《れんらく》を受けたマティアスは、ルークを引き連れて現場に向かった。

到着《とうちゃく》してさっそく、彼女が描き出していた大量の魔法陣を斬《き》り裂きながら、ゆっくりと近づいていった。

少し手荒《てあら》になるだろうが、まずはどうにかしてルークに呪印を施《ほどこ》させて無力化させ、それから話をするつもりでいた。

しかしまだ何もしていないのに彼女はぐらりと前に倒《たお》れていく。

マティアスは慌《あわ》てて駆け寄り受け止めた。何かあったのかと少し焦《あせ》ったが、彼女の呼吸は正常で表情も穏《おだ》やかなのでホッとした。

「ルーク、気を失っているようだから今のうちに枷《かせ》を付けろ」

「了解《りょうかい》っす」

何ともあっさり魔力封《ふう》じの枷を取り付け、腹部の呪印もその場で解除させ、彼女をその腕《うで》に収めた。

話し合いができなくなってしまったが仕方ない。またとないチャンスなのだからこのまま連れ帰ろう。マティアスはそのままひょいと抱《だ》き上《あ》げた。

「さて、帰るとするか」

「なんにも話し合いしてないっすけどいいんすかね。これ拉致《らち》っすよ」

「煩《うるさ》い。話は帰ってからでいいだろう。さっさと行くぞ」

「はいはい、もう知らないっす」

その場は他の者たちに任せて、マティアスは呆《あき》れ顔《がお》のルークと共にさっさと帰った。

連れ帰って部屋のベッドに寝《ね》かせると、女性の魔術師を呼んで、彼女を着替《きが》えさせるよう頼《たの》む。呪印はその時に見つけたことにした。

あとは彼女が目を覚ますのを待つだけだ。マティアスはベッド横の椅子《いす》に腰《こし》かけてその時に備えていたが、結局その日は目を覚ますことはなかった。

他人に危害を加えないという保証はないため、渋々鎖《くさり》で繋《つな》いで部屋を後にする。

翌日、マティアスは朝から彼女の部屋を訪《おとず》れたが、彼女はまだ眠《ねむ》っていた。それからも何度か部屋を訪れてみたものの、一向に起きる気配はなかった。

大丈夫《だいじょうぶ》なのかと心配になったが、医者や治癒士によると体のどこも悪くないという。

本当にただひたすら眠っているだけのようだ。

マティアスは昼食をとりに食堂に行き、その後また部屋を訪れることにした。

まだ寝ているだろうなという気持ちで部屋の扉《とびら》を開けて中に入る。

ベッドにちらりと目をやると、何と彼女は座っていた。ばっちり目が合い、しばし固まるマティアス。

「……すまない。起きていると思わなかったから、ノックもせず入ってしまった」

とっさに謝罪を口にする。

――さて、この子はどんな反応を示すのだろう。

今はどういう状況《じょうきょう》なのかと疑問を口にするだろうか。いきなり不満や文句をぶつけてくるだろうか。それとも敵とは口を利《き》きたくないとそっぽを向くだろうか。

どんな反応でも、納得し信用してもらえるまで、彼は根気強く説明をするつもりでいる。

しかし彼女は何とも穏やかに、そして見た目のイメージとはかけ離《はな》れたのんびりとした口調で話しだした。

「えっとね、そんなこと気にしないから大丈夫だよ。そもそも敵に気を遣《つか》う必要はないと思うの」

マティアスは再び固まった。あれ？　何か思ってた感じとだいぶ違うぞとなる。

もっとクールでスッキリとした口調をイメージしていたが、とてつもなくゆっくりでのんびりだ。

だがしかし何というか、これはこれで……いや、むしろグッときた。かなり可愛い。ちょっと抜《ぬ》けた感じでだいぶ可愛い。

表情は崩《くず》さず、心の中で絶賛する。

マティアスが丁寧《ていねい》に接していることをおかしく思ったらしく、彼女はクスッと笑った。

（……可愛いな）

自身に刻まれていた呪印を解いてもらえたと知り、ふんわりと微笑《ほほえ》んだ。

（めちゃくちゃ可愛いな、おい）

お腹《なか》をきゅるると鳴らしているので食事を用意すると、すごく感謝され、幸せそうな顔で食べ始める。

彼女が呪印に縛《しば》られながら帝国で不当な扱《あつか》いを受けていたと知り、マティアスは決意した。今まで辛《つら》かった分、ここで俺が甘やかしまくってやろうと。

そうしていつしか『お母さんみたい』だなんて言われて、ショックを受けることになるのだが、それも仕方ない。

自分の想《おも》いを伝えれば、男として意識してもらえるようになるかもしれない。だけど今はまだ伝えないでおく。

助けられた恩返しになるなら、日頃《ひごろ》のお礼になるなら。彼女はそんな気持ちで想いを受け入れそうだから。

初めて心から惹《ひ》かれる女性に出会い、大切にしたいという感情が溢《あふ》れて止まらない。

マティアスはひたすら彼女を愛し甘やかしていこうと決めた。

彼女の中で、異性として意識される存在になる日が来ることを願いながら。


王国の諜報《ちょうほう》部隊が仕入れた情報を基に、マティアスは盗賊団《とうぞくだん》を捕《と》らえるべく馬を走らせていた。

その眉間《みけん》には深い深いシワが刻まれており、これでもかと殺気を垂れ流している。

共に向かっている魔術師は二名。レイラと二十代後半の男性だ。捕らえた者たちを運ぶための馬車二台も後に続く。

盗賊団が根城にしているという山小屋が見えてきたところで三人は馬を木に繋ぎ、歩いて向かった。

「ねぇ、あなたずいぶん機嫌《きげん》が悪いみたいだけど、一人も殺さないでよ」

「君を止められなかったからって始末書を書かされた上、減給されるのはごめんだからね」

二人から念を押され、マティアスの機嫌は更《さら》に悪くなる。

(あぁ……面倒《めんどう》くさいな)

魔物《まもの》が相手なら瞬殺《しゅんさつ》してそれで終わりなのに、相手が人間だとそうはいかない。

今から捕らえる予定の盗賊団は、いくつもの罪を重ねている凶悪《きょうあく》な団だ。盗《ぬす》みと殺しを繰《く》り返《かえ》しているため死刑《しけい》はほぼ確実だが、団の中には強制的に働かされている者や、一度も手を汚《よご》していない者がいるかもしれない。

真実しか口にできない呪印によってそれを明らかにした上で、各々《おのおの》に罰《ばつ》を与《あた》えるため、生きたまま捕らえなくてはいけない。とてつもなく面倒な任務なのだ。

マティアスは今日は休日だったのだが、他に手が空いている人間がいなかったため休日返上となった。

本当なら今頃《いまごろ》は、フィオナと猫喫茶《ねこきっさ》で寛《くつろ》いでいたはずなのに。

猫を愛《め》でている彼女を愛でるという楽しみを奪《うば》われ、マティアスの腸は煮《に》えくり返っている。

(くっそ、はた迷惑《めいわく》な盗賊どもめ。全員切り刻んでやりたい)

もちろんそれは我慢《がまん》するが、イライラが治まらない。せめて短時間でさっと終わらせ、ホームに帰って彼女と少しでも町歩きを楽しめないか。

よし、今日の自分自身の幸せのために、それは必ず実現させよう。

彼は頭の中で、より早く終わらせるためのシミュレーションを行う。

盗賊どもと対峙《たいじ》したら、まずは迅速《じんそく》に武器を破壊《はかい》し、戦う術と戦意を喪失《そうしつ》させて、全員気絶させてから縄で縛り、馬車に詰《つ》め込んで……いや、魔術の扱いに長《た》けた者がいたら、攻撃を斬り裂きながら気絶させないといけないのか。

あぁ、面倒くさい。面倒くさすぎる。一度でさっと終わらせたいのに。

そこで彼ははっと気付いた。

(そうか。一度で済ませればいいのか)

怒《いか》りに侵《おか》されていたマティアスの目に、少しだけ光が宿った。

山小屋前に到着すると、盗賊たちはずらりと外に出揃《でそろ》い待ち構えていた。

報告では十五人前後という話だったのだが、三十人以上はいる。

よくもまぁ、大きめといえどこんな山小屋に、むさくて暑苦しい男どもが住み着いていたものだと、中での生活を考えてマティアスは絶句した。

「なんだぁー？　これだけかよ」

「たった三人ぽっちとは、オレらも舐《な》められたもんだな」

「ヒャハハ、びびって声も出ねぇみたいだぞ」

「女はまだ殺すんじゃねぇぞ」

「おっ、なかなかいい女だなぁ。今日は楽しもうぜぇ。ウヘヘ」

薄汚《うすよご》れた見るからに頭の悪そうな男たちが、口々に言葉を発する。

不快な言葉と舐め回すような視線にレイラは顔を歪めた。彼女は下品な男が大嫌《だいきら》いだ。

「消し去ろうかしら……」

「こらこら、団長までキレてどうするんですか。頼むから冷静になってくださいね」

男性魔術師は呆れて目を細めた。

「大丈夫だ。俺に任せてくれ」

マティアスはそう言うや否《いな》や、二人よりも数歩前に出て、右手で腰《こし》の剣を引き抜く。

そして一閃《いっせん》。

ザンッ。盗賊たちの頭上数センチを、横一文字の蒼い線が走った。

ズズーン。背後から響《ひび》く轟音《ごうおん》に盗賊たちが振《ふ》り返れば、そこにあったはずの木々や大岩の上半分が、綺麗《きれい》に横に真《ま》っ直《す》ぐ同じ高さで切り取られていた。

「同じ目に遭《あ》いたくなかったら、武器を捨てて大人しく縛られろ。隙《すき》をつけると思うなよ。少しでも抵抗《ていこう》したら真っ二つになると思え」

蒼い剣の切っ先を前に突《つ》き出し、殺気を込《こ》めて命じれば、従わない者などいなかった。

さっさと全員縄で縛った後は、まとめて一気に気絶させ、山小屋前に呼びつけた馬車に盗賊たちをぎゅうぎゅうに詰め込んだ。

「よし、帰るとするか」

マティアスは晴れやかな顔で帰路についた。


休日だというのに、フィオナはホームの廊下《ろうか》を掃除《そうじ》していた。急遽《きゅうきょ》マティアスに任務が入ったため、お出かけがなくなってしまったのだ。

（猫……）

可愛い猫と触《ふ》れ合《あ》いたかったなぁと、しょんぼりしながらモップがけをする。

せっかく彼が猫喫茶を予約してくれたのに、キャンセルになってしまった。残念な気持ちを紛《まぎ》らわせるために、午後からせっせと掃除していた。

「フィオナ」

三階の廊下を綺麗に仕上げたので、下に下りながら階段をモップがけしていたところで、下から声をかけられた。

くるりと後ろを向いて下方に目をやれば、階段下に私服のマティアスの姿。

夕方まで戻って来られないと聞いていたのに、予定よりずいぶんと早い帰りだ。

「お帰りマティアス。早かったね」

嬉《うれ》しくなって、モップを壁《かべ》に立てかけて急いで駆け下りようとしたが、足がもつれてバランスを崩し、前にぐらりとなる。

「あ」

落ちる。何とか踏《ふ》みとどまろうと頑張《がんば》ってみたが、体勢が変わっただけの無駄《むだ》な努力に終わり、後ろ向きで落ちていった。

自身の体を浮かせるほどの魔力は今は使えない。そして、うまく受け身を取れる身体能力は元々持ち合わせていない。

すかさずマティアスは強く踏み込んで跳躍《ちょうやく》し、彼女を両腕《りょううで》ですっと抱き上げる。一度足を階段に着けてもう一度跳躍すると、踊《おど》り場《ば》へと降り立った。

落とさないように大切に、そしてせっかくなので堪能《たんのう》しようとしっかりと抱き寄せる。

いつの間にか逞《たくま》しい腕と胸板《むないた》に包まれていて、フィオナはキョトンとなった。

「ありがとうマティアス。すごい早業《はやわざ》だね」

「あぁ、気をつけるんだぞ」

「うん」

その場に下ろしてもらい、足を床《ゆか》に着けてへへへと笑った。

「今から町に行かないか？」

「わぁ、行きたい。掃除道具を片付けたらすぐに着替えてくるね」

「それでは食堂で待ってるから、準備が終わったら来てくれるか」

「うん、分かった」

フィオナがモップを肩に担《かつ》ぐと、彼は自然とバケツを手に持った。

「ありがとう」

「きちんと手すりを摑《つか》みながら下りるんだぞ」

「はーい」

さっき落ちたばかりなので、素直《すなお》に従った。二人はどこに行こうかと話しながら一緒《いっしょ》に階段を下りる。一階に着くとフィオナは彼からバケツを受け取って、さっとすすいでからモップと共に掃除用具入れに片付けた。

そして自室へと戻るため、階段を駆け上っていった。もちろんしっかりと手すりを摑みながら。

フィオナの姿が見えなくなると、マティアスは食堂へと向かいながら大きく溜《た》め息《いき》を吐《つ》いた。

（やっぱり意識してもらえないか……）

抱き上げてもキョトンとしただけで、ほんの少しも恥《は》じらいは見られなかった。

いや、分かっていたことだから気にしても仕方がない。しかし、どうやったら男として見てもらえるようになるのだろうと悩《なや》む。

お母さんと言われるような行動を控えれば良いのだろうけど、彼女の世話を焼くことは止められない。それはもう生き甲斐《いがい》になっているのだ。

食堂の窓際《まどぎわ》のカウンター席に座り、頬杖《ほおづえ》をつきながら溜め息が止まらず。ふと視線を感じ目をやれば、提供カウンターにいる女性二人から視線を向けられていた。

同情されているような、応援《おうえん》されているような、微妙な表情だ。

食堂や掃除係など、この建物で働く女性たちはフィオナと仲が良い。二人に何か進展はないかと探《さぐ》っては情報を提供し合い、男として見られていないことを憐《あわ》れんでいるのだろう。

腹が立つが、フィオナがここの人間たちと仲良くしながら楽しく過ごせていることは、喜ばしいことだ。なのでぐっと我慢する。

その頃《ころ》、自室に到着したフィオナは、顔を赤くしながら着替えていた。

彼の腕の温《ぬく》もりと逞しい胸板の感触《かんしょく》に、時間差でじわじわと恥ずかしさがわき上がってきたのだ。

マティアスに抱き上げられてしまったという、初めての経験にドキドキが止まらない。

実際はすでに何度か抱き上げられているのだが、どれも彼女の記憶《きおく》にはないのだ。

気付いた時にはもう彼の腕の中にいて、端整《たんせい》な顔が間近にあってびっくりした。

（格好良かったな……）

物語の中でヒロインを救い出すヒーローみたいな、いつもと違う男らしい格好良さを感じた。彼とあんなに密着したのは初めてで、逞しい腕に包まれた感覚に熱が治まらない。

しばらくの間そうやって、胸《むね》の奥をもぞもぞとさせながら恥じらっていたけれど、着替《きが》えが済んで食堂で待つ彼の下に向かっている間に、どうにか火照《ほて》りは治まっていた。

そのため、本当はしっかりと意識してもらえていただなんて、残念ながらマティアスは知る由《よし》もなかった。

フィオナが第一魔術師団の一員となって一ヶ月が過ぎた。

今日は朝食後、団員は各自それぞれ団長室を訪れていた。フィオナもくるように言われていたので、ニナに連れられてやって来た。

「フィオナ、これがあなたの今月の給与《きゅうよ》よ。あなたは任務をこなしていないから皆よりは少ないけれど、団員の魔術力の向上に貢献《こうけん》してくれて、ホームの掃除を頑張ってくれた分の給与よ。お疲《つか》れさま」

団長であるレイラから茶色い封筒《ふうとう》を受け取ると、彼女は目を輝かせた。

「わぁ……初めての給与だ」

その言葉にニナはホロリとなる。帝国ではどれだけ働いても一切報酬《いっさいほうしゅう》がなかったことは聞いていた。

「フィオナさん良かったね……！」

「うん。嬉しい」

一緒に感動してくれたニナにぎゅっと抱きしめられた後は、ほくほくしながら自室へと戻った。

ベッド横の椅子に腰かけて初給与を眺《なが》め、マティアスの顔を思い浮かべる。

これで少しだけ恩返しできるかな。彼が任務から帰ってくるのを心待ちにした。

夕食前にマティアスはフィオナの部屋を訪れた。彼は任務の帰りに寄った店で買ったハンドクリームを手渡《てわた》す。

「最近手が少し荒《あ》れてきたようだからな。掃除の後は特にしっかりと塗《ぬ》っておくんだぞ。風呂《ふろ》上《あ》がりもだ。乾燥《かんそう》したまま放っておいたら酷《ひど》くなるからダメだぞ」

「ありがとう。ちゃんと塗るね」

手荒れにまで気を遣ってくれるなんて、いつもながら本当に素敵《すてき》な世話の焼きっぷりだ。

そんな彼に今日受け取った茶色い封筒を見せた。

「見て、初めての給与なの。今日もらったんだよ」

「そうか。良かったな」

そう言ってフィオナの頭を撫《な》でる。彼女が喜ぶと知ってからは、事あるごとに撫でるようにしているのだ。

「いつでもいいから今度一緒に町に行きたいの。これでマティアスに何かお礼がしたいから」

「お礼など必要ないぞ。それは君が頑張って稼《かせ》いだ金だろう。君自身のために使うべきだ」

マティアスはやんわりと拒否《きょひ》する。気持ちはとてつもなく嬉しいが、自分のために使わせるのは勿体《もったい》ない。人生で初めての給与なら尚更《なおさら》だ。

フィオナのためを思って断った。しかしその言葉で彼女はあからさまに肩を落として俯《うつむ》いた。

「……そっか。初めての給与はマティアスのために使いたかったのに……ダメなんだ」

「ぐっ……」

しょぼんと眉尻《まゆじり》が下がり、紫色《むらさきいろ》の瞳《ひとみ》には涙が浮かんできた。彼は泣かせてしまったことを瞬時に後悔し、彼女の申し出を受け入れることにした。

「ダメなわけないぞ。そう思ってくれて嬉しいに決まっている」

そっと頭を撫でて優《やさ》しく語りかけると、フィオナは瞳を潤《うる》ませたまま彼の顔を上目遣《うわめづか》いで覗《のぞ》き込む。

「それじゃ何か受け取ってくれる？」

「あぁ、もちろん」

その言葉でぱあっと顔を綻《ほころ》ばせて喜びを表す。

マティアスはお礼の品ではなく、彼女をそっくりそのまま受け取りたい気持ちをぐっと堪《こら》えた。

それから三日経《た》ち、さっそく出かける日がやってきた。フィオナはこの日は休みではなかったのだが、団員の一人と休日を交代することになり急遽休みになった。

そうなるようマティアスが仕組んだことなど、彼女はもちろん知らない。

朝食後、フィオナはミュリエルとニナを部屋に招き入れた。ミュリエルに『少しは着飾《きかざ》るのよ！』と言われたけれど、彼女はそういうことには疎《うと》い。なので二人に見繕《みつくろ》ってもらうことにした。

チェストから服をいくつか取り出すと、二人は迷うことなく清楚《せいそ》な白いフレアワンピースを選んだ。袖《そで》と裾《すそ》部分はふんわりとシフォンになっている。

汚してしまいそうだと、フィオナは一度も袖を通していないものだ。

襟《えり》ぐりが大きく開いているのでコロンとした青い石のネックレスを着ける。髪は耳の前を少し下ろして、残りはふんわりと編み込み後ろで丸く纏《まと》め、花の形をした宝石が付いた髪留めを添《そ》える。軽くファンデーションを塗って頬《ほお》に淡《あわ》くチークをぽんぽんと付け、唇《くちびる》にほんのりと赤いリップを塗った。

あとは歩きやすいようストラップのついた藍色《あいいろ》の靴《くつ》に白い手提《てさ》げバッグを添える。『羽織るものは持ったか』と必ず聞かれるはずなので、靴と同色のストールを準備しておく。

「ねぇニナ……どう思う？」

「完璧《かんぺき》だね」

「だよね……」

完成したお出かけスタイルに二人は大満足だ。フィオナも姿見で確認《かくにん》し、いつもより華《はな》やかな装《よそお》いに気分が上がる。

右へ左へくるりくるりと回ると、白いスカートがふわりと揺《ゆ》れた。

「ありがとう二人とも。何だかおしゃれですごく好き」

お礼を言って、これから訓練へ向かう二人を見送った。

部屋で迎えを待つ時間は何だかドキドキして、新鮮《しんせん》な気持ちがくすぐったくなる。

「フィオナ、もう行けそうか？」

数分後、マティアスが部屋を訪れた。フィオナは扉を開けてひょっこりと顔を出す。

「うん。準備はできてるよ」

扉の隙間《すきま》からは顔しか出ていないが、明らかにいつもより華やかで、彼はおや？　となる。そして部屋から出てきた姿に衝撃《しょうげき》が走った。

ふんわりと美しく着飾った姿に言葉が出てこず、彼は呆然《ぼうぜん》と立ち尽《たつ》くす。

「ミュリエルとニナがおしゃれにしてくれたんだけど……どうかな？」

フィオナはスカートの裾を軽く持ち上げ、少し恥ずかしそうに彼の顔を覗き込んだ。

（くっそ可愛いな、おい）

マティアスは、よくやってくれたと心の中で二人を称賛《しょうさん》しまくった。

「よく似合ってる。可愛く仕上げてもらえて良かったな」

「ありがとう。二人のおかげなの」

ようやくお褒《ほ》めの言葉をもらえて、えへへとはにかんだ。

マティアスと並んで歩いていくと、廊下ですれ違う人たちから温かい視線を感じた。

第一魔術師団の仲間や掃除係の女性にも出会って可愛いと褒めてもらい、ずっとくすぐったい気持ちでいっぱいだ。

ふわふわした気分と足取りで町までやって来た。

「マティアス、どこに行きたい？　何が欲《ほ》しい？」

彼女の今日の目的は、初給与でマティアスをおもてなしすること、何かプレゼントすることだ。

「そうだな。ちょうどハンカチを新調したいと思っていたところだ。選んでもらえるか」

「うんっ、任せて」

もちろんマティアスはハンカチを新調したいなどと思っていなかったのだが、さほど高価でなくプレゼントしやすい物は何かと考え、ハンカチが手頃《てごろ》で良いという結論に至った。

何もいらないと遠慮《えんりょ》すると、悲しい顔をさせてしまうのは明らかなので、とにかく何か受け取らなくてはいけないのだ。

フィオナに貰《もら》ったハンカチなど、後生大事に箱にしまって保管するのは決定事項《じこう》。

何だかんだで彼も楽しみだったりする。

そうして町で一番品揃《しなぞろ》えの豊富なハンカチ店へとやって来た。既製品《きせいひん》はもちろん、オーダーメイドまで承《うけたまわ》る店だ。

店の中をゆっくり歩きながら商品を見ていくマティアスの後ろを、フィオナはずっと付いていく。

『選んでもらえるか』と言われたが、男性が使うハンカチはどのようなものが良いかなど分からない。マティアスが商品を見る姿をじいっと見ながら後を付いていく。

「くくっ……選んでくれるのではなかったのか」

意気揚々《いきようよう》と任せてと言った割に選ぼうとしないフィオナに、彼は少し意地悪に尋ねた。

「どんなのが良いのか分からないの。マティアスはどんなのが好き？」

素直にそう告げられ、マティアスは『そうだな……』と考える。

彼はハンカチには手を拭《ふ》くものとしての機能以外は求めておらず、色やデザイン、手触《てざわ》りなど気にしたことはない。

今回は使う予定はなく、保管しておくものだしなと、色味が気になったものを手に取った。白と水色と青色が混じった、空を描いた水彩画《すいさいが》のようなもの。淡くぼんやりと柔《やわ》らかな色彩が誰かさんを彷彿《ほうふつ》とさせる。

「これが良いな。これを貰えるか」

そう言って手に取ったハンカチをフィオナに渡《わた》す。フィオナは一瞬硬直《こうちょく》した後、少しぎこちなく手を出して受けとった。

「うん、分かった」

そう言って会計を済ませに行った。店を出て、ハンカチの入った紙袋《かみぶくろ》をどうぞと手渡すその表情は何か言いたげだ。

「ありがとう、大切にさせてもらう。ところで何か気になることでもあるのか？」

分かっているくせに知らないふりをし、しれっと尋ねるマティアス。

「……何もないよ」

目を逸《そ》らして小さく返事をするその頬はほんのりと染まっていて、マティアスはほくそ笑《え》んだ。確実に意識している姿を見られて大満足である。

　プレゼントを貰うという目的は達成したので、あとは町を自由に散策しようと彼は思ったが、フィオナの方はそうではなかった。

「マティアス、他には何が欲しい？　食べたいものは？」

「君は俺にどれだけプレゼントするつもりでいるんだ？」

「前に町に連れてきてもらった時に、いろいろ買ってもらったのと同じくらいだよ」

　それは両手に大量の紙袋を抱《かか》えるほどということだ。フィオナの中ではハンカチなど序の口だったようで、マティアスはどうしようかと考える。

「プレゼントは先ほど貰ったもので十分だ。俺はあまり物は持たない主義だし土産物《みやげもの》も必要ない。だから食事をご馳走《ちそう》してもらえるか。それでもう十分すぎるほどだ」

「え……でもそれじゃ全然足りないよ……」

「貰う立場である俺は足りている。量や金額の問題ではなく気持ち的に足りているんだ。それではダメか？」

「……ダメじゃない」

　フィオナは渋々納得した。お礼なのに無理強《むりじ》いをして困らせては意味がないのだ。

「昼食まで時間はまだまだあるから、町を歩こう。腹を空かせてたくさんご馳走してもらうつもりだからな。覚悟《かくご》するんだぞ」

冗談《じょうだん》めかしてそう言うと、フィオナの表情は明るくなった。

「うんっ、いっぱい食べて」

二人で町を散策する。楽しげに歩くたび、ふわりふわりと白いワンピースが揺れて、マティアスの視覚は歓喜《かんき》に震《ふる》えている。これこそが一番のプレゼントだと本気で思った。

昼食の時間が近づくと、マティアスはこの店が良いと大衆食堂へ入った。

安くて旨《うま》くてボリュームがあるのが売りの店。ここならどれだけ食べようとほどほどの値段に抑《おさ》えられるはず。

帝国では外食の経験が皆無《かいむ》だったフィオナはそんな思惑《おもわく》には気付かず、活気があって厳《いか》つくてゴツい人が多い店だな、くらいにしか思わなかった。

「マティアス、いっぱい頼んでいっぱい食べて」

キリッとした真剣《しんけん》な顔で両手でメニューを渡してくるので、思わずフッと笑みがこぼれる。

「あぁ、何を食べようか。一緒に選んでもらえるか？」

「うんっ、任せて」

マティアスは彼女に自分の食べたいものを選んでいるように錯覚《さっかく》させながら、彼女が食べたいものを選んでいった。

注文の品がテーブルに並ぶと、小皿に取り分けながら一緒に食べる。この店の味付けはフィオナ好みだったようで、美味《おい》しそうに食べる様子をしっかりと目に焼き付けた。

食事を終えて店を出ると、大通りを歩きながら彼女はマティアスに相談を持ちかける。

「ルークにも何かお礼がしたいんだけど、何が良いかな？」

「予算はいくらだ？」

「えっとね、あと十万ゴールド残ってるよ」

「……今後のためにきちんと残しておかないとダメだぞ。一万以内で探すか」

「そうなの？　うん、分かった」

マティアスは彼女に貯金というものを教えながら横道に入り、裏通りの更に裏へと歩を進めていく。

古びた建物ばかりが並ぶ路地の突き当たりに構えている、小さな黒い店へと入った。

店内の棚《たな》には、一見するだけでは何に使うのか分からないようなものが所狭《ところせま》しと並んでいる。どれも年季が入ったものに見えるが、埃《ほこり》はかぶっておらずしっかりと手入れされていて、フィオナは興味深そうに目を走らせていた。

「おや、マティアス様ではありませんか。お久しぶりですね。いかがなさいましたか」

褐色《かっしょく》の肌《はだ》をした、ふくよかな男性店主が店の奥から出てきた。

「この子がルークに贈《おく》り物をしたいと言うのでな。見繕ってほしい」

「そうでしたか。なんとも素晴《すば》らしいタイミングで来てくださいました。とっておきの品を入手したばかりでございますよ」

男性はマティアスの要望を受けてすぐに店の裏手へと消え、両手に収まる大きさの箱を持って戻ってきた。

「こちらでしたら、ルーク様は間違いなくお喜びになるかと」

男性はカウンターの上に箱をコトリと置いた。

フィオナは興味深そうにじいっと見た。男性が置いた真っ赤な箱には白い帯が何重にも巻かれていて、そこには黒い紋様《もんよう》がびっしりと描かれている。

男性の説明によると、この箱は遠い西の国から仕入れた曰《いわ》く付《つ》きの品で、どれだけ優《すぐ》れた呪印士にも封印《ふういん》を解くことができなかったものだと言う。

マティアスは男性と金額の交渉《こうしょう》を始めた。最後の方はフィオナに聞こえないようコソコソと内緒話《ないしょばなし》をしていたので、彼女は仲が良いんだなぁと思いながら眺めていた。

「フィオナ、一万ゴールドで売ってくれるそうだ」

「ほんと？　やった」

予算きっちりで買えると知り、フィオナは喜んだ。しかし果たして本当にこの得体の知れない箱がプレゼントに相応《ふさわ》しいのか、疑問が湧《わ》いてくる。

「……これ貰ってルーク喜ぶのかな？」

「ああ、それは保証する。大丈夫だ」

「そっか。それじゃこれにするね」

マティアスがそう言うのなら間違いないだろうと、彼女は購入《こうにゅう》を決めた。

店を出ると裏通りを散策し、途中《とちゅう》で出会った猫の跡《あと》をつけたり、屋台でフルーツ飴《あめ》を購入して食べたりと、町歩きを存分に楽しんでから二人はホームへ戻った。

夕食後、フィオナはお礼の品を持ってルークの部屋を訪ねた。

「あのね、これ受け取ってほしいの。呪印を解いてもらったり、いろいろとお世話になったお礼だよ」

そう言って曰く付きの赤い箱を差し出す。マティアスの保証付きだとはいえ、本当に喜んでもらえるのだろうかと少し不安そうに手渡した。

「……っっは」

受け取ったルークは大きく目を見開きキラキラと輝かせる。彼のテンションは上がりに上がっていった。

「なんすかこれ、めちゃめちゃ呪われてるっすね！　やばいっすよ、たまんないっす」

箱を両手に掲《かか》げて、子どものようにはしゃぎ回っている。

「フィオナさんありがとうっす。めちゃめちゃ嬉しいっす」

「どういたしまして」

ルークにすごく喜んでもらえたことにホッとし、フィオナはほくほくとした気持ちで自室に戻り、ソファーに腰かけた。

ソファーの上にはクマのぬいぐるみの他に、手のひらサイズの白と黒の猫のぬいぐるみが置いてある。マティアスと初めて町に出かけた時に、彼から手渡された紙袋に入っていたものだ。

二つをぎゅっと抱きしめながら、お礼ができたことに心がほっこりとなる。

自分を救ってくれた二人にはまだまだお礼をし足りないけれど、一先《ひとま》ずほんの少しだけ返せて良かった。次の給与を貰ったら、また何かお礼をしようと意気込む。

そして今日のマティアスを思い浮かべた。

ハンカチをプレゼントできたことは良かったが、彼があのような色を選ぶとはフィオナは思わなかった。

彼は黒や灰色の衣服を纏っていることが多いので、落ち着いた色を好んでいると思う。

それなのに選んだ色はまるで自分を思わせるような色で、それがどうしようもなく恥ずかしくなった。あれは自分のことを思って選んだのだとしたら。

（そうだったら良いなぁ……）

ほんの少しだけでも自分を好きに思ってくれていると良いな。フィオナは淡い期待を抱《いだ》かずにはいられなかった。


「またか……」

マティアスは、目の前のフィオナに呆れて腕を組みながら、はぁと溜め息を一つ吐く。

ぽかぽか陽気の中、ベンチに座って気持ちよさそうに眠る姿。無防備にも程があると呆れながらも愛おしくて仕方がなくて、彼は優しい眼差《まなざ》しを向けた。

王国に来てからというもの、彼女は休日や休憩《きゅうけい》時間は、ここでよくうとうとしている。眠くなったらきちんと部屋に戻るよう言ってあるのだが、睡魔《すいま》に負けてベンチに座ったまま眠っていることも多い。

まるで今まで奪われていた睡眠《すいみん》時間を取り戻しているかのようで、眠ること自体は構わない。むしろ気の済むまで眠ったら良いと思っている。

だがしかし、場所を考えてほしい。

さてと、マティアスは起こそうかどうかと悩んでいた。

現在の時間からして、まだ眠り始めてからそう経っていないだろう。起こすのは可哀想《かわいそう》だが、この寝顔《ねがお》を他の男には見せたくない。

そういうわけで、部屋に運ぶことにした。彼女の肩と膝裏《ひざうら》に手をかけて、ひょいと持ち上げ横抱きにする。

五階にある彼女の部屋まで大切に運び、ベッドにそっと寝かせた。

運んでいる途中で目を覚ますかもしれないと思ったが、変わらずぐっすり眠っている。

今なら間近で寝顔を見放題。マティアスはベッドの横にしゃがみ、頬杖をつきながら堪能することにした。

長い睫毛《まつげ》で影《かげ》ができた目元に、すうすうと寝息をたてる小さな口。

可愛いなぁと見ている内に、悪戯心《いたずらごころ》が湧いてくる。今なら何をしても気付かないよなと、フィオナの真上から顔を覗き込んでみた。

どんどんと顔を近づけていき、吐息《といき》の触れる距離《きょり》になったところで我に返った。

さすがに寝込みを襲《おそ》うのはいけない。他に誰も見ていないのだから、言わなければバレないことだが、だからといって許されはしない。

せっかく信用して安心してくれているのに、裏切るような真似《まね》はダメだと、その体勢のまま、目を閉じて自身の行いを反省しはじめる。

その頃、フィオナの頭は少しずつ覚醒《かくせい》していた。

さっきまで揺りかごに揺られているみたいで、ゆらゆらと心地《ここち》よい揺れの中にいたのに、止まってしまったなぁ、気持ちよかったのになぁと残念な気持ちになり、むくりと起き上がろうとした。

だけど起き上がる途中で何かに阻《はば》まれ、おでこにゴツンと衝撃が走る。

反動で頭は枕《まくら》の上に沈《しず》み、両手でおでこを押さえた。

「うぅ……痛い……」

寝起《ねお》きの悪いフィオナもあまりの痛さに頭が覚醒し、しばらく痛みに悶《もだ》えていた。

ようやく痛みが落ち着くと、むくりと上体を起こして座りながら考える。自分はベッドにいるのに、なぜおでこが痛くなったのだろう。

そして、いつの間に部屋に戻ってきていたのだろうと、首を傾《かし》げて考える。

「……？」

戻ってきた記憶がないけれど、こうして自分はここにいる。眠くなってふらふらしながらも、何とか戻ってきたのだろうと結論付けた。

ふとベッド横に気配を感じて横を向くと、白い背中が見えた。

何をしているのだろうと下を覗き込むと、そこには蹲《うずくま》っている人の姿。さらりとした金色の髪のマティアスらしき人物は、床に頭をつけて両手でおでこを押さえている。

「マティアス？　何してるの？」

呼びかけてみると、彼はゆっくりと立ち上がった。何だか神妙《しんみょう》な面持《おもも》ちで、そのおでこは赤くなっている。

「もしかして私、マティアスとぶつかったのかな？　ごめんね」

この状況的にそうとしか考えられない。だってものすごく痛かったから。

本当はおでこがぶつかる直前に、唇に柔らかい何かが触れていたのだが、とにかく痛すぎて、そんなことは彼女の記憶には残っていない。

「……いや、君の顔を覗き込んでいた俺が悪いんだ。すまない」

「そっか。それじゃお互《たが》い様だね」

「あぁ」

それなら仕方ないよねと、フィオナは納得する。なぜ彼が自分の顔を覗き込んでいたのかは気にならないようだ。

マティアスは自身の唇にそっと触れ、複雑な思いで彼女をじっと見ていた。

（……気付いていないのか）

何の反応もないことを少し残念に思いつつ、それなら伝えない方が良いだろうと判断し、邪《よこしま》な気持ちを抱いたことと共に隠《かく》し通すことに決めた。

フィオナがエルシダ王国に来て三ヶ月が過ぎた。

第一魔術師団の一員として、自身の持つ知識と技術を存分に発揮しながら日々精一杯《せいいっぱい》務め、団員たちとの仲も深めていった。現時点で彼女の魔力は一割解放されている状態だ。

今日も午前中は訓練に参加する。走り込みの後は魔術を使わない戦闘《せんとう》訓練が行われた。

フィオナは運動神経はあまり良くない。素手《すで》や武器を使っての手合わせは苦手であり、本日は三人と手合わせして全て惨敗《ざんぱい》。

三戦目を終えた彼女は、地面に叩《たた》きつけられてうつ伏《ぶ》せになったまま動かない。体は土まみれで、近くには先ほどまで手にしていた模造ナイフが転がっている。

「フィオナさん大丈夫?」

三戦目の相手であったニナが上から覗き込む。

「らい……じょぶ……」

フィオナは呂律《ろれつ》が回らない状態で返事をする。

ニナは細身で華奢《きゃしゃ》な見た目だが、魔術を使わない戦闘ではレイラ、グレアムに次ぐ実力の持ち主だ。今日もフィオナを完膚《かんぷ》なきまでに叩きのめした。

「オマエ、壊滅的《かいめつてき》にセンスねぇよな」

グレアムも倒れている彼女の傍《かたわ》らに立ち、腰に手を当て残念な子を見るような憐れみの視線を向ける。

「だって……とっさに体が動かないもん」

フィオナはむくりと起き上がってその場に座り、力なく呟《つぶや》いた。

魔術攻撃《まじゅつこうげき》なら瞬時に対応できるのに、素手や武器だとそれができない。

訓練を始めて二ヶ月経つが、殆《ほとん》ど成長は見られないでいた。

「今まで武術を習う機会がなかったとか関係なしに、絶望的なセンスなのよね」

レイラも頰に手を添えながら苦笑い。これに関してはもうだいぶ前から諦《あきら》めている。

そしてそろそろ頃合いだなと考え、国王にある提案を持ちかけようと思っていた。


その日の夕食後、フィオナの部屋をルークが訪れた。

「フィオナさん、陛下のお許しが出たっすよ」

そう言って、彼女の手枷《てかせ》に施した呪印を完全に解き、枷自体も外した。

封じられていた九割の魔力が解き放たれ、久しぶりに体の隅々《すみずみ》まで魔力が満ちていくのを感じる。

「ありがとうルーク。でも本当に良いの？」

以前は敵だったのだから、もっと慎重《しんちょう》に徐々《じょじょ》に解き放っていくべきではなかろうかと不安になる。

「いいんすよ。一割しか魔力を使えない状態でも十分すぎるほど強いんで、じわじわ解いていく必要はないと判断されたっす」

「そうなんだ」

「これからは任務に駆り出されることになると思うっすけど、大丈夫っすか？」

「うん、いっぱい頑張るね」

ようやくこの国に恩を返せるようになるのだと喜び、強く拳《こぶし》を握《にぎ》りしめてやる気をみなぎらせた。

翌日からは、フィオナは全力で訓練に励《はげ》めるようになった。

魔術を使った一対一の手合わせの最初の相手はグレアムだ。彼はフィオナの先制攻撃を余裕《よゆう》で躱《かわ》すほど俊敏《しゅんびん》で身軽なので、小規模な魔術の同時攻撃は通用しない。

「手加減すんじゃねぇぞ」

「分かった」

レイラが始まりの合図を告げると、フィオナは言われた通り全力でいく。グレアムを取り囲むように、隙間なく中規模の魔法陣《まほうじん》を描きだした。

「は……？」

一瞬のことで、グレアムは自身に防御力を上げる魔術を施す間もない。

彼は逃《に》げ場なく囲まれた無慈悲《むじひ》な雷《かみなり》の攻撃に倒れた。治癒士がすぐに駆け寄り癒《いや》すが、ピクリともせず完全に気絶している。

「やりすぎちゃったかな……」

フィオナは側にしゃがみこみ心配そうに眺める。

「大丈夫、そのうち目を覚ますわ。手加減するなって言ったのはグレアムなんだから気にしなくていいのよ」

レイラは団員二人にグレアムを端《はし》の方に運ぶよう命じ、地面に転がしたまま放置する。

彼は他の団員たちの手合わせが何度か終わったところで、ようやく目を覚ました。

「ごめんね？」

起き上がって座ったグレアムは、上から疑問形で謝られイラッとなり眉をひそめた。

「オマエ、任務が与えられるようになったら覚悟しろよ。コキ使いまくってやっからな」

「うんっ。頑張るからいっぱい使って」

「……」

拳を握りしめ、やる気に満ち溢れた表情で答えられてしまった彼は、それ以上何も言えなくなった。

それから二日後、フィオナは初任務に出かけることになった。

一緒に行くメンバーはグレアム、ニナ、ヨナスの三人。

ヨナスとは、灰色の短髪《たんぱつ》に黄色い瞳を持つ眼鏡をかけた温和な男性で、第一魔術師団では優しいお兄さん的存在だ。

本日の任務は、とある村の近くの森に出現した魔物の群れの討伐《とうばつ》。放っておけばどんどん数を増やし、村に襲い来る危険があるため、村長より依頼《いらい》を受けた。

オークの巣が確認された地点へとやってきた四人は、草陰《くさかげ》からそっと覗く。

視線の先にはオークの群れ。二メートル近くある二足歩行の豚《ぶた》のような魔物が三十体以上確認できた。

「フィオナ、奴等《やつら》まとめて動けなくしろ。止《とど》めは俺たちに任せろ」

「うん、分かった」

今回のメンバーのリーダーであるグレアムの指示により、フィオナはオークたちの頭上を全て覆《おお》うよう大量の小型の魔法陣を描き、氷の矢を降らせた。

一体も外すことなく、全てのオークの両目と首を突き刺す。

次いで雷撃《らいげき》を浴びせ、全てのオークの体を痺《しび》れさせた。

それを確認したグレアム、ニナ、ヨナスの三人は茂《しげ》みから飛び出し、まともに動けなくなったオークたちに止めを刺していった。

数分で全て仕留め終え、生き残りがないか確認すると、この日の任務は完了した。

「オマエ、マジ便利すぎ」

グレアムは悪い笑《え》みを浮かべて、フィオナの頭をポンとひと撫でした。

「お疲れさま、フィオナさんのお陰《かげ》で楽しちゃった。ありがとう」

「本当に素晴らしい力だね。仲間として頼もしい限りだよ」

「……どういたしまして」

ニナとヨナスにも称賛される。まだ褒められ慣れていないフィオナは照れてしまい、頬をほんのりと染めて俯きがちに小さく返事をした。

オークの討伐を終えたことを村長に報告し、村長、数人の村人を連れて現場に戻る。共に確認を済ませ、討伐依頼書に村長のサインをもらう。

「よし、さっさと帰るぞ」

後片付けは村人たちの仕事なので、彼らに後を任せて四人は帰路についた。

「そう言えば、もうすぐ流星群の時期だね」

帰り道、ニナが思い出したようにフィオナに話しかける。

「流星群が見られるの？」

本でしか存在を知らないフィオナは興味津々《きょうみしんしん》で、ニナに詳《くわ》しく話を聞くことにした。

もうすぐ年に一度見られる流星群がやってくるそうだ。

この国には、流星群を共に見た男女は結ばれて、末永く幸せでいられるという言い伝えがあるという。

「ニナは私と見るんだよ。もうすでに結ばれているけどね」

「わあぁちょっとヨナスさん！　恥ずかしいからやめてよ」

「ははは」

ニナは顔を真っ赤にしてヨナスをポコポコと叩くが、彼は穏やかな笑みを崩さない。

「二人は恋人同士《こいびと》なの？」

フィオナが尋ねると、ニナは恥ずかしそうにこくりと頷《うなず》いた。


初任務から戻ったフィオナは、部屋でのんびりと過ごしていた。

緑色のシャツワンピースと黒いスパッツに着替え、日が傾《かたむ》き始めた窓の外をぼんやりと眺めていたら、マティアスが部屋を訪ねてきた。

彼は午前中には任務を終えて、戻ってきていたようだ。

「お帰り。疲れてないか」

「ただいま。皆と協力してすぐに終わったから疲れてないよ」

「そうか。それならこれは要《い》らなかったか？」

少し意地悪そうに口角を上げて、手に持っていた箱の中を見せると、フィオナの目は輝いた。そこには一口サイズの可愛いケーキが並んでいる。

彼が午後から町へ行き、購入してきたものだ。

「食べるか？」

「うん、食べたい」

そう言うと、マティアスは扉の外に待機させてあった小さなワゴンを押して部屋の中に入る。お茶を運んできていたのだ。

テーブルにティーカップを二つ並べ、ポットからお茶を注ぐ。

ケーキの入った箱はフィオナの前に置いた。箱ごとまるっと彼女の分だ。

マティアスは甘い食べ物はあまり好きではない。しかし小さなケーキを可愛い可愛いと言いながら美味しそうに食べる姿を眺め、甘い気持ちに満たされることは好きなのだ。

「あのね、もうすぐ流星群が見られるんだって」

「あぁ、もうそんな時期か。フィオナは見たことあるのか？」

「ううん、ないの。だからすっごく楽しみなんだ」

「そうか。それなら特等席を準備しておかないとな」

マティアスは己《おのれ》の持つ権力を行使しようと頭の中で画策しだした。

「……一緒に見てくれるの？」

「そのつもりでいるが。もう誰かと約束したのか？」

「ううん、してないよ。えっとね、マティアスと一緒に見たいな」

なぜかもじもじと恥ずかしそうにしている様子を、マティアスは不思議そうに見る。

彼は女性が好むようなロマンチックな事柄《ことがら》には疎く、言い伝えなんてものは昔耳にしたきり忘れているのだ。

それから一週間後、少し遅《おそ》めの夕食をとり終えたフィオナはマティアスと中庭を散歩していた。夜風に乗って漂《ただよ》ってきた薔薇《ばら》の香りが鼻腔《びこう》をくすぐる。

空を見上げ、今日は星が綺麗だなと思っていたら、一筋の光が流れた。

「あ……」

今のは何だろうと思っているうちに、一筋、また一筋と流れていく。

「今日だったのか。フィオナ、もっとよく見えるところに行くぞ」

彼に手を引かれて急いでやって来たのは、王城のバルコニーだ。衛兵に一切止められることなく、顔パスでスムーズに通ってきた。

「ここ入って大丈夫なの？」

「流星群はここで見ると伝えてあったから問題ない」

「……良いのかなぁ」

どうやら彼は、使うあては殆《ほとん》どないと言っていた権力を、また使ったのだなと思い至った。

「そんなことよりほら、どんどん増えてきたぞ」

マティアスは空を指差した。幾筋《いくすじ》もの光が流れては消え、流れては消えを繰り返す。

さっきとは比べ物にならないほど、絶え間なく流れていく。

初めて目にした流星群は想像の何倍も幻想的《げんそうてき》で美しく、彼女は感動で胸がいっぱいになる。その目にしっかりと焼き付けるように見入っていた。

（……これで、来年も再来年も、そのあともずっとマティアスと一緒にいられるのかな）

ニナとヨナスみたいに。いつも仲睦《なかむつ》まじくて、お互いを大切に想っていた両親みたいに。

あんな風にずっと一緒にいられたらいいのに。

流れる星に願いを託《たく》して、彼と過ごす未来を夢見る。

隣《となり》で彼女がそんな嬉しいことを考えているなど、マティアスはもちろん知らない。

ほうっと蕩《とろ》けそうな表情を浮かべる彼女を横目でずっと眺めていた。

「っっくしゅんっ」

夜風が少し冷たくなり体が冷え、フィオナはぶるりと震えた。薄手《うすで》の羽織りだけでは寒く、かといって彼も長袖《ながそで》シャツ一枚しか着ておらず、かけてあげられる上着はない。

「毛布を借りてくるから待っててくれ」

そう言って彼はその場から離れようとした。折角一緒に星を見ているのにマティアスがここからいなくなるのは嫌《いや》だと、フィオナは彼の袖を摑んで引き留める。

「やだ。行かないで」

「心細いのか？　すぐに戻ってくるから大丈夫だぞ。寒いだろう」

違う。そうじゃなくて。彼がここから離れてしまったら願いが叶《かな》わなくなるかもしれない。そんなのは嫌だと、何としてでも引き留めることにする。

彼女はすがるように両手でぎゅっと強くマティアスの腕に抱きついた。

「こうしたら暖かいから大丈夫だよ。だから行かないで。一緒に流星群を見たいの」

「っっそうか。分かった」

泣きそうな顔で引き留められてしまっては、彼に断ることなどできるはずがない。

あっさりと折れてその場に留《とど》まることにした。

マティアスは流れる星を数えながら心を鎮めることにする。

左腕《ひだりうで》の柔らかな温もりはどうにか考えないようにしてやり過ごそうと、彼は強靭《きょうじん》な精神力を星に願った。

# 第五章　取り戻したい

艶《つや》やかな漆黒《しっこく》の髪《かみ》とルビーのような赤い瞳《ひとみ》は、ガルジュード帝国《ていこく》において最高位の血筋であることを表す。

第一皇子ジルベートは、この世に誕生した瞬間《しゅんかん》から次期皇帝《こうてい》としての地位を約束されていた。父からは正当な血筋を、隣国《りんごく》の姫君《ひめぎみ》であった母からは類稀《たぐいまれ》なる美貌《びぼう》を受《う》け継《つ》いだことにより、幼い頃《ころ》より持《も》て囃《はや》されて過ごしてきた。

九歳のとある日、庭園のガゼボで優雅《ゆうが》にティータイムを過ごしていると、少女が神器に選ばれたとの知らせを受ける。この国で金の腕輪《うでわ》の使い手が現れるのは二百年振《ぶ》りのことだが、小さな村の少女が選ばれたと聞き、『ふーん』という感想を抱いただけだった。

九歳にして数多《あまた》の美女に囲まれ日々を過ごしているジルベートは、田舎《いなか》の少女になど興味が湧《わ》かない。

しかし父である皇帝より隷属《れいぞく》の契約《けいやく》を結ぶ場に立ち会うよう言われ、渋々《しぶしぶ》足を運んだ。

この国では神器の使い手となった者は皇帝と隷属の契約を結び、その身に呪印を施《ほどこ》される決まりとなっている。

他国に逃《に》げられないよう縛《しば》り付《つ》け、死ぬまで従順な駒《こま》として働かせるためだ。

ジルベートはそこで目にしたフィオナに、一目で心を奪《うば》われることとなる。

肩《かた》につかないほどの空色の髪に紫色《むらさきいろ》の瞳を持つ色白の少女。整った容姿をしているが、格別美しいというわけではない。

それなのに心の底から湧き上がる渇望《かつぼう》を抑《おさ》えきれずにいた。少女は彼の好みのど真ん中、つまり超《ちょう》タイプなのである。今まで出会ったどんな女性よりも好みでたまらない。

この少女は必ず自分のものにしよう。そうと決まれば皇帝に直談判《じかだんぱん》する。自分が父に代わって少女の主君になりたいと申し出た。

皇帝は一瞬《いっしゅん》渋《しぶ》ったが、溺愛《できあい》している息子《むすこ》の頼《たの》みを受け入れた。貴重な神器の使い手である少女の命を脅《おびや》かすことはないようにと釘《くぎ》を刺《さ》し、主君となる立場を譲《ゆず》った。

こうしてジルベートは無事少女の主君となった。だからといって彼女を自由にできるわけではなかった。持ち主の魔力《まりょく》を無尽蔵《むじんぞう》に増幅《ぞうふく》させるという神器の特性上、少女は魔術《まじゅつ》師《し》としての知識と技術を研《みが》かなければいけないのだ。

朝から晩まで学び続ける少女を時たま呼び出し、ティータイムに付き合わせることくらいしかできない。

しかしその僅《わず》かな時間が、彼にとってかけがえのないものとなっていた。誰《だれ》にも抱《いだ》いたことのない感情が、仄《ほの》かに胸《むね》の奥に佇《たたず》む。

少女の少しぼんやりとしていて、穏《おだ》やかに話す姿にも好感を持っていた。

自分を褒《ほ》め称《たた》えることを一切《いっさい》せず、媚《こ》びることもなく淡々《たんたん》としているところに苛立《いらだ》ちを覚えることもあったが、それすらも彼にとってはたまらない刺激《しげき》であった。

少女が十五歳になる頃には、魔術師として十分すぎるほどの知識と技術を身に付けていた。彼女は任務を与《あた》えられるようになっており、数々の成果を挙げていた。

呪印の主君はジルベートであるが、彼女に直接命令を下し、意のままに動かせたのは国の最高権力者である皇帝であった。

任務の合間には必ず自分の下を訪《おとず》れるようにと命じ、彼女と共に過ごすティータイムは彼にとって相変わらず至福の時であった。

基本的にいつも無表情な少女だが、甘味《かんみ》を与えた時だけは幸せそうに微笑《ほほえ》む。

自分が彼女の容姿を褒めてもニコリともせず、感謝すら口にしないというのに。

胸の奥には苛立ちと共に正体の分からない感情がずっと居座《いすわ》っている。

月日が経《た》つにつれ、女性らしい色香を放つようになっていく少女。

胸に抱く情欲を紛《まぎ》らすため手頃《てごろ》な女で発散するが、どれだけ散らそうともすぐに湧き上がってくる欲を抑えられないでいた。

彼が寝所《しんじょ》に誘《さそ》って喜ばない女など存在しなかった。彼に抱《だ》かれた女は皆《みな》、恍惚《こうこつ》として快楽に溺《おぼ》れどこまでも堕《お》ちていった。

ジルベートは意気揚々《いきようよう》と彼女を呼び出し、同衾《どうきん》を命じる。そして見事に撃沈《げきちん》した。

最初は恥《は》じらっているだけかと思っていたが、呪印による痛みに襲《おそ》われようが、おびただしい血を吐《は》こうが、彼女は拒絶《きょぜつ》の姿勢を崩《くず》さない。

このままでは死んでしまう。慌《あわ》てて命令を取り下げ、治癒士《ちゆし》を呼びつけ癒《いや》させた。

一命をとりとめた彼女は、彼に目をやることもなく、無言のまま部屋を出ていった。

どうしようもない焦燥感《しょうそうかん》と悲しみ。彼は人生で初めて他人に拒絶されたのだ。

プライドを傷付けられた腹いせに、彼女に与える食事の質を最低限に落とさせた。皇子に逆らった罪は、本来なら死に等しいのだ。

自分の誘いを受け入れない女に、その罪の重さを分からせないといけない。

可愛《かわい》く謝罪をしてくれれば、すぐに許してやるつもりでいた。だがそんな日はやって来ず、彼女はいつも淡々としていて無表情だった。

何の感情もこもらない目でジルベートを見てくることに、苛立ちが収まらなかった。

この頃《ころ》、彼の父である皇帝は原因不明の病に冒《おか》され始めていた。日に日に痩《や》せ細《ほそ》り床《とこ》に臥《ふ》せることが増えていき、ついには寝《ね》たきりのまま意識が戻《もど》らなくなった。

ジルベートは皇帝から全ての権限を引き継ぎ、皇帝代理として国を治める立場を得た。

そうと決まれば侵略《しんりゃく》を始める。

かねてより目をつけていた隣国の土地へ、彼女と魔術師たちを派遣《はけん》した。そこは質の良《い》い魔石《ませき》が採れる魔鉱山《まこうざん》と呼ばれる場所だった。

魔石とは魔力溜《だ》まりといわれる土地でしか採取されないもの。帝国にはこの魔力溜まりが存在せず、魔石の入手は他国に頼《たよ》らざるを得なかった。

この場所を奪えば、わざわざ他国から高額で仕入れる必要もなくなるのだ。彼女の力を以《もっ》てすれば、侵略など容易《たやす》いことだ。

しかし彼女は他者の命を奪うことを拒《こば》んだ。呪印によってまたしても血を吐き倒《たお》れ、治癒しなくてはいけない事態に陥《おちい》る。

『なぜ命令を聞かない。死にたくないだろう』と問えば、『人殺しになるくらいなら死んだ方がマシです』と彼女は淡々と答えた。

自分の思い通りにならない女への苛立ちは募《つの》る。そして胸の奥でくすぶり続けていて、どう向き合えばいいのか分からない感情もずっと居座っている。

仕方なく彼女には向かってきた敵を退ける役目を与え、これには彼女は従順に応じた。

侵略は後回しにし、魔石の略奪《りゃくだつ》のみを行わせる。

秘密裏《ひみつり》に開発を進めている魔道具《まどうぐ》の稼働《かどう》には、おびただしい量の魔石を必要とする。

十分な量の魔石さえ確保すれば、彼女の力に頼らずとも侵略を進めていけると考えた。

しかし誤算があった。エルシダ王国にも神器の使い手らしき存在がいたことだ。

蒼《あお》い剣《けん》を使うその男は彼女と同程度の力を持ち、この男が現れると帝国側は撤退《てったい》を余儀《よぎ》なくされる。

王国にはいくつかの魔鉱山があるため、男が守りを固めていない場所とタイミングを狙《ねら》い、少しずつ奪っていくことにした。

彼女には十分な休息を与えず働かせた。自分が彼女を支配していると実感し、仄暗《ほのぐら》い感情が満たされていく。それがたまらなく心地《ここち》よかった。

しかしそろそろ反省した頃だろう。あと少し、もう少しだけ。限界ギリギリまで酷使《こくし》した後は、休息と豪華《ごうか》な食事を与えよう。

疲《つか》れきった心を癒し、そのまま体に快楽を刻み付けてやれば、もう自分なしでは生きていけなくなるはず。

そう、ジルベートは彼女が任務から帰ってきたら温かく迎《むか》え入《い》れ、身も心も全て優《やさ》しく包み込んでやるつもりでいた。

それなのに、彼女は帰ってこなかった。エルシダ王国の蒼い剣の使い手である男が現れ、彼女を連れ去ったという報告を受け、呆然《ぼうぜん》とする。

「フィオナ……」

今宵《こよい》、この腕《うで》に抱くつもりでいた彼女の名を呟《つぶや》く。

もう帰ってこない。その事実に胸が締《し》め付けられる。

そしてずっと胸の奥に抱いていた感情が外に溢《あふ》れだした。

彼女に会いたい。愛らしくて憎《にく》らしくて、自身の心を摑《つか》んで放さない存在。

フィオナが恋《こい》しい。そう、ずっと抱いていた感情は恋心《こいごころ》だった。

彼は彼女にずっと恋をしていた。自身の手から離れたことによりようやく気付く。

「フィオナ……必ず取り戻してみせる」

ジルベートは決心した。どんな手を使ってでも彼女を取り戻し、この腕に抱くと。


ここ数ヶ月、エルシダ王国は平和そのものだ。

帝国がこの国にちょっかいをかけてくることがなくなったからである。重要な戦力であったフィオナを失い、攻《せ》め入る術を失ったのだ。

しかし再び帝国に怪《あや》しい動きが見られるとの報告が入った。北と東の二ヶ所で、魔術師数十名が国境を越《こ》えてこちらに入ったという。

マティアスを含《ふく》む第一騎士団《きしだん》の騎士数名と第一魔術師団の半数は北へ、その他の騎士数名と第一魔術師団の残り半数は東へ向かうことになった。

神器の使い手であるフィオナを失った帝国魔術師団《ていこくまじゅつしだん》など敵ではないので、容易に返《かえ》り討《う》ちにできるはず。

かつての仲間とは戦いたくないだろうという理由から、フィオナは留守番になった。

マティアスたちを見送ったフィオナは、演習場で自主訓練をしていた。

走り込みをした後は、ちょうど暇《ひま》にしていたルークと素手《すで》で手合わせをする。しかし非《ひ》戦闘員《せんとういん》であるルークにすら彼女はぼろ負けだった。

「フィオナさん魔術なしだとミジンコなんすね。びっくりっすよ」

ルークは地面に横たわるフィオナに苦笑いだ。

土にまみれた彼女はむくりと起き上がり、力なく座った。

「うぅ……これでも少しはマシになったんだよ」

「マジっすか」

「まじっす」

ひたすらルークに地面に転がされながら素手で手合わせをした後は、魔術を使って軽く手合わせをした。

彼は戦えないが、近距離《きんきょり》でなら相手の魔術を無効化する術が使える。フィオナが空中に描《えが》いた魔法陣《まほうじん》に魔力封《ふう》じの呪印《じゅいん》を飛ばし、無効化して消し去っていった。

「ルークすごいね。魔法陣を消滅《しょうめつ》させる呪印士なんて今まで会ったことなかったよ」

「そりゃ、オレはこの国一番の呪印士っすからね。まぁフィオナさんに空中を埋《う》め尽《つ》くすほどの魔法陣を描かれたら、全部消滅させる前にオレが消滅するっすけど」

彼は朗《ほが》らかに笑いながら指先から黒い紋様《もんよう》をいくつも出し、空中を泳がせていた。

手合わせが終わり座って休憩《きゅうけい》していると、一人の騎士が慌てた様子で駆《か》け寄《よ》ってきて、ルークに何か耳打ちした。彼の顔からは笑《え》みが消えていく。

「……マジっすか」

重い声でボソリと小さく呟き、真剣《しんけん》な表情でフィオナを見る。

「フィオナさん、緊急《きんきゅう》事態っす。力を貸してもらえるっすか」

「何かあったの？」

「説明は後でするっすから」

すぐに立ち上がり、王城へ走って向かうルークに付いていく。

門をくぐり、小さなランプの灯《とも》る薄暗《うすぐら》い地下への階段を下りた。下りた先には扉《とびら》があり、魔術により錠《じょう》が施されている。

ルークは指先に黒い魔力を纏《まと》わせて、目の前の扉のロックを解除し中へ進む。

廊下《ろうか》の先にはまた新たな扉があり、厳重にいくつもの錠が施されていた。それも全て解除し、扉の中の部屋へと入った。物置のようで少し埃《ほこり》っぽい部屋には、いくつもの大きな棚《たな》が並び、箱や袋《ふくろ》が置かれている。

「フィオナさん、帝国が見たことのない魔道具を使ってるとの伝令がきたっす。それのおかげか、魔力切れする様子もなく大型の魔術攻撃《こうげき》をいくつも放ってくるらしいっす」

そう言いながら、ルークは部屋の端《はし》の棚の奥から、小さな箱を取り出した。

「北はマティアスさんがいるから魔道具を破壊《はかい》していって、少しずつ撤退に追い込めてるらしいけど、東は手の打ちようがなくてヤバめらしくて。そこでこれの出番っす」

箱に描かれた黒い紋様を手で払《はら》い除《の》けスッと消す。蓋《ふた》を開けると光沢《こうたく》のある布に包まれた金色の腕輪が出てきた。

「かつての仲間とは戦いにくいと思うんすけど、お願いできるっすか？」

眉《まゆ》をひそめながら、箱をフィオナの目の前に差し出すルーク。

彼女は躊躇《ためら》うことなく腕輪に手を伸《の》ばし、右手にはめた。

「もちろん。私にとって今大切な仲間はここの皆だもん」

その目には一切の迷いはなく、強い決意がこもっている。

「頼むっす」

「うん、任せて」

フィオナは急いで厩舎《きゅうしゃ》へ向かった。白いローブを纏った数人の治癒士も集まっており、彼らと共に馬で東へと急いだ。

レイラはもう何度目かの魔術障壁《しょうへき》を広範囲《こうはんい》に施し、とにかく必死に耐《た》えている。

前後を敵に挟《はさ》まれているので、撤退することもできずにいた。

彼女のすぐ後ろでは、腹部を損傷し倒《たお》れたミュリエルが治癒を受けているが、治癒士も魔力の限界のようで、出血を止めることが精一杯《せいいっぱい》のようだ。

王国側は騎士も魔術師も治癒士も、体力と魔力の限界を迎えようとしていた。

敵は七名の魔術師しかいない。こちらは魔術師十名と騎士二十名だ。それなのにこちらが追い込まれているのは、彼らが使用している魔道具のせいだと思われる。

彼らがそれぞれ手に持つ黒い大きな杖《つえ》には、いくつもの魔石が埋め込まれており、その魔道具に触《ふ》れることで大型魔術を何度も放てるようだ。

定期的に数人の攻撃《こうげき》が止《や》んでいることから、長時間の継続的《けいぞくてき》な使用はできないようだが、それでもこちらはもう打つ手がない。

「くっそ……」

グレアムは片膝《かたひざ》と片手を地面につけ、歯をギリリと鳴らす。彼もあと一度魔術障壁を張るのが精一杯な魔力しか残っていない。

それでも無慈悲《むじひ》な攻撃は続き、遂《つい》にレイラの魔力が底をついた。

「もうやだぁ！」

「大丈夫《だいじょうぶ》、あなたならできますから。死ぬ気で耐えてください」

レイラから障壁《しょうへき》を引き継いだニナが泣きながら叫《さけ》ぶので、すぐ横でヨナスが気休めの言葉をかける。彼はもうすでに魔力が尽きている。

グレアムもニナが覆《おお》いきれていない部分に障壁を張る。この二人が最後の砦《とりで》なのだ。

「ううっ、あれもうムリだよぉ」

グズグズのニナが見上げた先には、完成間近の大型の魔法陣《まほうじん》。もうあれを防ぐほどの力は残っていない。

あと少しで陣が完成してしまう。あとほんの少し、紋様を一つ描かれたら終わり。もうダメだ――

死を覚悟《かくご》した次の瞬間、周りを大型の魔法陣が埋めつくし、瞬《また》く間《ま》に金色に光った。

ニナたちが今まで何度も目にしてきた色だ。

「……あぁ」

この光景を心強く思う日が来るだなんて。ニナの絶望の涙《なみだ》は歓喜《かんき》の涙に変わった。

分厚いドーム状の氷の壁《かべ》が現れ、王国側の人間を守るように包み込む。帝国側の攻撃を受け止めてもびくともしない。

帝国の魔術師が頭上から絶え間なく降り注ぐ雷撃《らいげき》を防御《ぼうぎょ》することに気をとられている隙《すき》に、フィオナたちは馬を下り、氷の壁に開けた隙間《すきま》から内部に入り込んだ。

治癒士は倒れている者たちの治癒をすぐさま始める。

「皆、大丈夫？」

フィオナはレイラたちの下へと駆け寄った。

「危ないところだったわ。よく来てくれたわね」

「マジでギリだったぞ」

「フィオナさぁぁぁん！」

ニナは泣きながらフィオナに抱きついた。皆ボロボロだが命は無事なようで、フィオナはホッとした。

「レイラさん、あの黒い杖が魔道具ですよね。全て破壊すれば良いですか？」

「そうね、こちらで回収して再利用できる程度の破壊に止《とど》めてもらうのが最良だけど、できる？」

「はい、任せてください」

フィオナは力強く答え、氷の壁から外に出る。

帝国の魔術師たちは皆顔見知りで、彼女のかつての仲間だった人たちだ。だけど手加減なんてするつもりはない。

全員を取り囲むように炎《ほのお》の渦《うず》をいくつも放ち、彼らが自身の防御に徹《てっ》している間に、魔道具を守る分厚い防御壁《ぼうぎょへき》にそれぞれ大型魔術を打ち込んだ。

壁に小さな穴が空いた一瞬に、内部に自身の魔力を流れこませ、数十もの小型の魔法陣を同時に描いていく。

七つある魔道具に埋め込まれている、動力源である魔石だけをピンポイントで狙い撃《う》ちする。炎の矢に打たれた魔石には全てピシリと亀裂《きれつ》が入り、完全に機能を失った。

魔道具が使えなくなった魔術師たちの攻撃が止むと、フィオナは全ての魔道具を風でふわりと持ち上げ、自身の下へと運んだ。

攻撃の要《かなめ》を失った帝国側は撤退を余儀なくされ、慌てて逃げ始める。

彼らが逃げる様をフィオナはじっと見守っていた。何も攻撃がこない限り追《お》い討ちをかけることはしない。

これで一安心。氷の壁も解除して任務は無事完了《かんりょう》だとホッと息を吐く。

「痛っ」

突然《とつぜん》胸にチリッと熱く痛みが走った。

何だろうと思ったが、一瞬のことだったので、気にせず仲間の下へと向かおうとする。

しかし途中《とちゅう》で足はピタリと止まり動かなくなった。

『フィオナ』

風に乗って聞こえてきた、微《かす》かな声が耳にまとわりつく。

彼女がこの世で一番大嫌《だいきら》いな声。それが頭の中に何度も大きくこだまする。

気持ち悪い。嫌《いや》だ。彼女は両手で頭を押さえる。

『フィオナ、こちらにおいで』

頭の中に響《ひび》くその声に抗《あらが》おうとすると、心臓が締め付けられるように熱く苦しくなる。

胸を押さえながらその場に膝《ひざ》をついた。

『フィオナ、抗うな。こちらへ戻っておいで』

先《さき》ほどよりもはっきりと聞こえた声に、彼女の動きは完全に支配されてしまう。すっと立ち上がるとゆっくりと歩きだした。

何年も聞き続けてきた大嫌いな人の声が、頭の中で優しげに語りかけてくる。

嫌だ。行きたくない。

それなのに少しも抵抗《ていこう》なんてできなくて、目に涙を浮《う》かべながら歩いていった。

「おい、どうした？　どこ行くんだよ」

グレアムがフィオナの異変に気付き、疲労《ひろう》でふらつきながらも駆け寄って腕を掴んだ。

「っグレアムだめ、危ない――」

『その男を拒絶しろ』

その命令通り、フィオナはグレアムを風で思い切り吹《ふ》き飛《と》ばした。

そのまま後ろに大きな土の壁を張るよう命じられ、仲間との間に隔《へだ》たりを作る。

涙を流しながら歩いていった先に待っていたのは、艶やかな漆黒の髪を靡《なび》かせた一人の男。ルビーのような赤い瞳に笑《え》みを浮かべ、ジルベートは両手を広げて彼女を待つ。

『抵抗はするな。もう魔力を使うな』

抗うことができず、真《ま》っ直《す》ぐ彼の下へ向かう。行きたくないのに足は止まらない。

「お帰り、フィオナ。さぁおいで」

言われるがまま彼の胸に自分から飛び込み、強く抱き締められてしまう。

(気持ち悪い。触《さわ》らないで。大嫌い)

思考の自由はあるが体がまったく言うことをきかず、少しも抗えない。

「さぁ帰ろうフィオナ。着くまでぐっすり眠《ねむ》っていていいよ。おやすみ」

その言葉に彼女の体は支配され、瞼《まぶた》は重くなっていく。

頭がぼんやりして何も考えられなくなる。

「いや……帰らな……い……」

拒絶したいのに眠気《ねむけ》に抗えない。意識が遠のいて彼女はゆっくりと目を閉じていった。

意識を失ったフィオナは皇子に抱《かか》き抱えられ、帝国へと連れ戻されてしまった。

目が覚めたフィオナはしばらくぼんやりとしていた。

ここはどこだろう……はっきりとしない頭で、知らない天井《てんじょう》だなぁと考えた。

しばらくすると、意識を失う前の皇子とのやり取りを思い出し、自身の置かれた状況《じょうきょう》を理解して、勢いよく起き上がった。そして逃亡《とうぼう》を図《はか》ろうとする。

手足は繋《つな》がれておらず自由だ。窓を破壊してそこから脱出《だっしゅつ》しようと試みたが、魔術を発動させることができない。

とにかく部屋から出ようと扉に向かった。しかし扉の持ち手を掴んだ手を動かせない。

どれだけ頑張《がんば》ろうと、部屋から出るという行動がとれず、彼女は途方《とほう》にくれてベッドに戻り膝を抱えた。

皇子に眠らされて連れてこられた部屋は、隷属の契約をしてからずっと生活していた部屋とは全く違《ちが》う大きな部屋だった。

家具もベッドも全て一級品のような豪華な部屋。だけど居心地《いごこち》が悪くてたまらない。

黒を基調とした家具、金飾《きんしょく》の額縁《がくぶち》に入った抽象画《ちゅうしょうが》、革張《かわば》りのソファーやクッション。

部屋にあるもの全てが皇子が好みそうなものばかり。気持ちが悪くてたまらない。

しばらく膝に顔を埋めていると、ジルベートが部屋にやって来た。

「おはようフィオナ。素敵《すてき》な部屋だろう」

にっこりと笑い、優しい声色《こわいろ》で語りかけてくる。

(気持ち悪い。ばか。大嫌い)

行動は縛られているが、思考の自由は奪われていないようだ。彼女は言いたいことを少しも躊躇わず、臆《おく》することなく言うことにした。

「素敵なんかじゃない。気持ち悪い」

彼女はジルベートとは目も合わせずに、無表情で淡々と答えた。

怒《おこ》った彼に殴《なぐ》られようが、そんな些末《さまつ》なことはどうでもいい。

彼は目を大きく見開いた後、恍惚とした表情を浮かべた。

「っは。僕にそんな口を利《き》くなんて……たまらないな」

彼は自身の腕を抱いて身悶《みもだ》えている。予想だにしていなかった反応に、フィオナは眉をひそめた。

ジルベートは彼女のすぐ隣《となり》に座った。気持ち悪くて離れようとしたが、『側においで』という言葉に抗えず、体を寄り添《そ》わせて座ることになってしまった。

ふかふかなのに座り心地《ごこち》の悪いベッド。隣には大嫌いな男。

嫌なのにどうすることもできない。フィオナは冷めた目で皇子に尋《たず》ねた。

「私に何をしたのですか？」

新たな呪印を施された記憶《きおく》はない。頭の中に皇子の声が響いて、抗おうとすると胸が熱く苦しくなり、それから行動の自由を完全に奪われてしまった。

「ふふ、それはこれの力さ」

ジルベートは右の袖《そで》を捲《まく》った。彼の腕《うで》は手首から肘《ひじ》まで、赤黒い紋様でびっしりと埋め尽くされていた。

「これは帝国に代々伝わる秘術、血の契約さ。これはね、君の血で描かれているんだよ」

「私の……」

フィオナは顔を歪《ゆが》ませる。

「そう、これによって君の所有者は僕になったんだ。発動させるにはある程度の距離《きょり》まで近づかないといけなくてね。そのために仕方なくあそこまで僕は足を運んだんだ」

ジルベートは可能な限り危険から身を守るため、滅多《めった》に宮殿《きゅうでん》から外に出ない。

彼は臆病《おくびょう》なのだ。危険が伴《ともな》う戦場に来るなんて、今までの彼なら有り得ないこと。

しかしフィオナを取り戻すため、彼はあの場所まで足を運んだのだ。

「この秘術は使用者の寿命《じゅみょう》を縮めるものだから、できれば使いたくはなかったんだけどさ、君を確実に僕のものにするためにはこれしか方法がなかったからね。あぁ、君の血を保存しておいて本当に良かったよ」

「あなたは私のことが嫌《きら》いではなかったのですか？」

まともなご飯をくれなかったし、酷使して睡眠《すいみん》時間もくれなかった。大切にされた記憶なんて彼女には一つもない。

「好きだからつい虐《いじ》めてしまったんだ。君を失って後悔《こうかい》したよ。これからはもう酷《ひど》いことはしないと誓《ちか》う、だから僕の愛を受け止めておくれ」

「お断りします。そんな愛はいりません」

フィオナにキッと睨《にら》みつけられた皇子は恍惚となる。フィオナから拒絶されることは、彼にとっては身悶えるほど素晴《すば》らしい刺激になっていた。

「その表情良いね。すっごくそそられる。僕を拒絶するなんて君くらいだよ……本当にたまらない」

なぜこの男はうっとりと頬《ほお》を染めて、喜んでいるのだろう。

フィオナは気持ちが悪くてたまらない。しばらく会わなかった数ヶ月の間に皇子は変態になっていて、大嫌いな男にまた一つ嫌いな要素が増えてしまった。

「私はあなたが大嫌いです。顔も見たくない」

そう言ってそっぽを向いた。

「そうか。それでも君はもう僕からは逃げられない。僕なしでは満足できないようにしてあげるからね。ふふ、今夜が楽しみだ」

下卑《げび》た笑みを浮かべながら、彼女の太ももに触れるジルベート。

ぞわりとするのに逃げられなくて、フィオナはぎゅっと目を瞑《つぶ》る。

どうやら今夜、自分はこの男に穢《けが》されるようだと彼女は知った。拒絶したくても逃げることができないのなら、どうすれば良いのだろう。

精一杯考えても答えなんて出てこず、代わりに涙が出てきて頬をつたう。

「……マティアス」

震《ふる》える声で大好きな人の名を小さく呼んだ。

「それはあの蒼い剣の男の名か？　不快だな。フィオナ、今後その名を口にすることは許さない」

「っっ」

彼女はマティアスの名を口にすることができなくなってしまった。

ジルベートが部屋から出ていき一人になると、涙が溢れて止まらなくなった。

「……うぅっ……やだぁ……」

こんなところにいたくない。帰りたい。ここは嫌いだ。温かな部屋に帰りたい。

エルシダ王国で住まわせてもらっていた部屋は、すごく居心地がよかった。宿舎の中で一番良い部屋らしく、備え付けのベッドや家具が豪華だったのは恐縮《きょうしゅく》ものだったけれど。

寝具《しんぐ》やクッションなどは女性が好むような可愛らしい色と柄《がら》で、カーテンは柔《やわ》らかで落ち着ける淡《あわ》いオレンジ色だった。本も誰もが楽しめるような品揃《しなぞろ》え、ソファーには可愛らしいぬいぐるみが並び、壁に飾《かざ》ってある風景画は綺麗《きれい》で。

部屋の隅《すみ》から隅まで彼女を喜ばせようという気遣《きづか》いが感じられた。

フィオナが心地よく過ごせるよう、レイラに相談しながらマティアスが選んでくれたのだと、後から知った時は感動した。

いつも自分を気遣ってくれて優しくて温かくて。

そんな彼と一緒《いっしょ》にいることが何よりも好きだった。

それなのにもうあの場所には戻れない。あんなに幸せな生活を知ってしまっては、もうここでの色のない、辛《つら》いだけの生活になんて戻れない。

夕食は今までと打って変わって豪勢《ごうせい》な料理が出てきたが、何一つ口にしなかった。

空腹なんて感じない。胃のあたりにずっと気持ち悪いものが居座っていて、食べたいという意欲も湧かない。せっかく運んできてくれた給仕《きゅうじ》の女性に、申し訳ないという気持ちすら出てこなくて、冷めた目で片付けてほしいと告げた。

ふとテーブルの上のキラリと光るナイフが目に入り、フィオナは右手を伸ばした。

手に持ちそのまま自身の腕を切りつけようとする。しかしナイフが肌《はだ》に触れる直前、右手が動かなくなった。

どうやら眠っている間に、自分自身を傷つけないよう命令を受けていたようだ。

その後は三人の女性に浴室へと連れていかれ、体を隅々まで洗われた。大きなバスタブにたっぷり張られた湯に浸《つ》かりながら、リラックス効果があると言われて香油《こうゆ》を湯に垂らされ、花を浮かべられても香りなんて感じない。綺麗だなんて思わない。

このままここで溺れて死のう。

そう思い体を沈《しず》めていくが、顎《あご》が少し浸かったところから先には沈めなかった。命を絶つような行為《こうい》は何も許されていないようだ。

体を清め終わると、黒い夜着が用意されていた。

「殺してもらえませんか？」

「っっ、それはできません」

服を着せていた女性に頼んでみるが拒否《きょひ》されてしまい、フィオナは乾《かわ》いた息を吐いた。

女性が退室すると部屋で一人待たされる。

ベッド横の円テーブルの上には、ランプと金の腕輪と小瓶《こびん》が置かれている。

あの男のことだから、媚薬《びやく》でも入っているのだろう。

フィオナは瓶を摑んで部屋の隅にポイッと投げた。青白く光るランプの灯《あか》りをじーっと見ていたらジルベートがやってきたので、ベッドで膝を抱えながら彼をじとっと睨む。

「フィオナ。よく見せてくれ」

そう言われ、胸に刻まれた呪印がドクンと脈打つ。拒否などできない。

スッとベッドの横に下りて立つと、ジルベートはうっとりとしながら近づいた。

黒い夜着は大半が透《す》けているが、彼女には少しも恥じらう気持ちが湧いてこない。

舐《な》め回すような視線に、嫌悪感《けんおかん》と吐き気を感じるだけ。

「あなたはこの国の皇子ですよね。私など放っておいて、もっと高貴な方のお相手をするべきではありませんか？」

冷ややかな目を向けて淡々と告げるが、ジルベートは口元に余裕《よゆう》の笑みを浮かべたまま、フィオナを抱き寄せる。

「もちろん世継《よつ》ぎは適当な血筋の良い女に産ませるさ。君はただ僕に愛されていればそれでいい」

「結構です。あなたに愛されるくらいなら死んだ方がマシです。殺してください」

「ふふふ、本当に生意気な子だ。たまらないな」

弾《はず》むような声でそう言いながら彼女をベッドに沈め、上に被《かぶ》さるように跨《また》がりフィオナの顔の横に両手をついた。

「さぁ、たっぷり愛し合おうか」

舌舐《したな》めずりをされながら頬を撫《な》でられ、フィオナはぞわりと身震《みぶる》いした。

「いや、やめて。気持ち悪いから触らないで」

「僕を気持ち悪いなんて言うのは君くらいだよ。お仕置きしてあげないとね」

頬から首へと手は下りてくる。

気持ち悪い。嫌だ。こんな気持ちの悪い手に触られたくない。

彼女はもっと温かな優しい手を知っている。触れられたいのはあの人だけだ。

「辛いのは最初だけだ。すぐに良くなる」

自身の頬に大嫌いな人の唇《くちびる》が触れて、ずっと気丈《きじょう》に振る舞《ま》っていたフィオナはポロポロと涙をこぼした。

「やだ、お願い……やめてください……お願い、します」

震える声で懇願《こんがん》する様子は、ジルベートを更《さら》に興奮させた。

「あぁ、その顔もたまらないな。もっと泣かせたくなる」

口元に笑みを浮かべ、夜着の胸元《むなもと》のリボンに手を伸ばす。

「……やだぁ」

ジルベートがリボンを解《ほど》こうとした次の瞬間、斬撃音《ざんげきおん》と共に天井付近に蒼い光の線が走った。少し斜《なな》めに入った線に沿い、ズズズと天井がズレていく。そのまま下に落ちていき轟音《ごうおん》と共に地面が揺《ゆ》れた。ガラガラと崩れる音が鳴り響く。

ずいぶんと開放的になった部屋からは、夜空が見渡《みわた》せるようになり、差し込む月光に照らされたジルベートはポカンと口を開けた。

「なっっ……」

開いた口が塞《ふさ》がらないままベッドから下り、窓に近づきカーテンを開けて外を見渡す。

右の方でゆらりと揺れる蒼い光が視界に入り、ジルベートがそちらに目を向けると、黒いローブで姿を隠《かく》した、蒼い剣を肩に担《かつ》いだ人物と目が合った。

――そこか。

フードから覗《のぞ》く藍色《あいいろ》の瞳が鋭《するど》く光る。

すぐに隣にいた、もう一人の黒いローブの人物を肩に雑に担ぐと、自身の足元に風の魔法陣を描いて高く飛び上がり、先ほど切り落とした場所に降り立った。

フィオナはベッドに座ったまま、突然現れた人物を呆然と見上げる。

フードで顔は見えないが、その手に握られているのは大好きな人の蒼い剣だ。

「ちょっ、マティアスさんいろいろ雑っす！」

肩に担がれた人物が叫ぶ。

「仕方ないだろう。ほら、間一髪《かんいっぱつ》だったようだ」

「え？　うわわっ、ほんとっすね」

「見るな。殺すぞ」

「そりゃないっすよ」

頭上でがやがやと騒《さわ》ぐ二人に、フィオナはハッとなって両手で前を隠した。

さっきまでどうでも良かった透けた服が恥ずかしい。

「フィオナ！　蒼い剣の男を殺せ！」

「っっ」

その言葉ですぐさま大型の魔法陣を描きだした。

金の腕輪を装着するよう言われて着け、泣きながらいくつもいくつも、黒いフードを被った人物を取り囲むように描いていく。

「っっ、やぁっ……やだぁっ……」

ボロボロと涙を溢《こぼ》しながら、特大の魔法陣をいくつもいくつも描いていく。

手加減なんてできない。大好きな人に攻撃したくないのに、体はまったく言うことをきいてくれない。

その様子を見てローブの人物は胸を痛める。魔術が発動する前に魔法陣を斬《き》り裂《さ》き続けていると、顔を隠していたフードが外れた。

さらりとした金色の髪が月光に照らされる。

「フィオナ、大丈夫だ。すぐに行くから心配するな」

マティアスは彼女が安心できるように声をかけた。実際、どこに魔法陣が現れようが、発動する前に全て斬り裂いて消している。

しかしこのままではキリがない。彼女が金の腕輪を装着している限り、攻撃が止むことはないのだ。

「あの男をどうにかしてこい」

その言葉と共に、マティアスは肩に担いでいた人物をポイッと投げた。

「扱《あつか》い雑っす！」

投げられたはずみでフードが外れ、赤い髪が露《あらわ》になる。

ルークは落ちながらも両手に魔力を集め、黒い紋様を描いた光の帯を作り出す。

「っフィオナ、こっちの男も――」

命令を言い終わる前に、ジルベートは飛んできた光の帯に口を塞がれる。次いで首にも動き封じの帯が巻き付く。

ルークは受け身をとれずに床にベチャッと落ちた。そのまま顔とお腹《なか》を押さえながら蹲《うずくま》り、しばらくするとよろよろと立ち上がった。

自身の胸元に手を当てながら、動けずに突《つ》っ立《た》ったままのジルベートに近づいていく。

「あいたた……マティアスさんマジ鬼畜《きちく》っす……さてと、そんじゃ失礼するっすね」

ルークはなんの迷いもなく、ジルベートの右の袖をめくった。

「うんわ、なんすかコレ」

腕にびっしりと描かれた、赤黒い紋様に顔を歪める。

彼はすぐに解呪《かいじゅ》に取りかかった。しかし紋様は少しも薄《うす》れず、腕に留《とど》まり続ける。

それもそのはず、これは帝国に代々伝わる秘術である。

そんじょそこらの呪印士に解けるはずはない。

ジルベートは内心でほくそ笑んだ。手こずっている間に、フィオナは蒼い剣の男を仕留めるはず。彼女は無尽蔵の魔力を持っているのだから。

そして騒ぎを聞きつけた者たちもこの部屋にくるはずだ。

「仕方ないっすね」

ハァと一つ息を吐くと、ルークは服の下に隠していた首飾《くびかざ》りを取り出した。黒い鎖《くさり》に黒く歪《いびつ》な玉がいくつも付いたものだ。

左手で首飾りに触れて魔力を流すと、首飾りは黒い靄《もや》を放った。

「ほんとは何度も使いたくないんすよ、コレ」

眉尻《まゆじり》を下げながらそう言うと、そのまま右手で呪印に触れる。

ジルベートの腕は、ルークの右手から流れてきた黒い靄に包まれていく。

靄は赤黒い紋様にじわりじわりと染《し》みていき、やがて紋様と共にスーッと消え去った。

「これでよしと。マティアスさーん、オッケーっす！」

「――？」

ルークは上に向かって叫び、自身の寿命を使ってまで施した秘術をあっさりと解かれたジルベートは、驚《おどろ》き目を丸くし、声にならない声で叫ぶ。

呪印が消え去ったことにより、フィオナは魔法陣を描くことをピタリとやめる。

ボロボロと泣きすぎて目は真っ赤になっていた。

マティアスは蒼い剣を鞘《さや》に収めると、すぐに飛び降りた。フィオナの下へ駆け寄り、そのまま強く抱きしめる。

「うぅっ……マティアスっ……マティアスっっ」

ようやく名前を呼べるようになり、何度も何度も呼びながら彼にぎゅっと抱きついた。

マティアスはホッと息を吐くと抱きしめている力を緩《ゆる》め、彼女の肩に優しく手を置いて顔を覗き込んだ。

「大丈夫か？　酷いことはされてないか？」

「っっうんっ、大丈夫だよ。ちょっと危なかったけど……っあ」

フィオナは自身の格好を思い出し、胸元を両手で隠した。大事なところはギリギリ隠れているけれど、体のラインは丸見えな透けた服。恥ずかしすぎて涙は引っ込んだ。

マティアスも一瞬視線を下に向けたが、すぐに顔を背《そむ》け、黒いローブを脱《ぬ》いで彼女の肩からかけた。

「これ着てろ」

「……うん。ありがとう」

温《ぬく》もりが残っている大きなローブにきちんと袖を通してボタンを留めて、ベッドから下りると、バタバタと数人が走り寄ってくる足音が聞こえてきた。

「フィオナ、邪魔《じゃま》が入らないように壁を作ってくれ」

「うん、分かった」

すぐさま分厚い土の壁を作り出し、部屋全体を覆った。外から攻撃されてもびくともしない強靱《きょうじん》な壁だ。

「ルーク、さっさと始めろ」

「はいっす」

マティアスは、突っ立ったまま呆然としているジルベートにゆらりと近づいた。

「そんじゃ失礼するっすね」

一言断りを入れると、ルークはジルベートの夜着の前ボタンを全て外す。左手で黒い首飾りに触れ魔力を流し、黒い靄が出てきたところで右手をジルベートの胸部に当てた。

「ねぇ、それ何？」

「呪《のろ》いを司《つかさど》る神器っすよ。これ国家機密っすから内密に」

フィオナの疑問にルークはあっさりと答えたが、ルークが神器を所持していることは国王とマティアスを含むごく僅かな限られた人間しか知らない。

彼は幼少期から呪印を扱うことに長《た》けていた。そして彼はとんでもなくいたずら小僧《こぞう》だった。王城中の扉という扉に呪印を施して開かなくしたり、宰相《さいしょう》の秘密のポエムが仕舞《しま》ってある箱の封を開け、高らかに音読しながら城内を歩き回ったり。

いたずらするたびにマティアスにこってり絞《しぼ》られていたが、少しも懲《こ》りることなく、ひたすらいたずらを重ねていった。

とある日の午後、いつものようにいたずらしようと、彼は王城の宝物庫《ほうもつこ》に忍《しの》び込むことにした。彼の解呪《かいじゅ》の力を以てして解除できない扉などなく、あっさりと中に侵入《しんにゅう》する。

そこで彼は、厳重に封印《ふういん》されている箱を見つけた。

呪いや秘密といったものが大好きな彼は、もちろん躊躇うことなく封印を解いた。

蓋を開けて出てきたものは黒い首飾りだった。

彼がそっと手を触れると、首飾りは黒い靄を放ち、ルークの首にまとわりついた。

痛くも苦しくもない靄。これは一体何だろうと、箱を手に国王の下へと行った。

そこで驚愕《きょうがく》の事実を知ることとなる。彼は、危険だからと厳重に封印されていた呪いを司る神器に持ち主として選ばれてしまったのだ。

どんな呪いも解呪できる力と、人を瞬く間に呪い殺すことのできる力を有する首飾り。

ルークが所有者になったことは極秘事項《ごくひじこう》となり、この神器は必要時以外は宝物庫から持ち出さないことに決定した。

神器に選ばれたその日から、ルークは人が変わったように真面目になった。

とんでもないものの所有者になってしまったことで、気が引き締まったのだ。

もういたずらなんてできる心境ではない。

そしてその日から、マティアスにこき使われるようになった。

今まで迷惑《めいわく》をかけられた腹いせのように、まるで下僕《げぼく》のような扱いだったが、それも仕方がないとルークは諦《あきら》めて付き合い続けることにした。

「ほんとはこんなことしたくないんすよ。でも自業自得《じごうじとく》っすからね。これ以上ちょっかいかけてくるなら、陛下もこうするつもりでいたっすから」

「本来なら細切れにしてやったところだ。命があるだけマシと思え」

ルークは神器を扱うことを好まない。だが今はこうするしかないのだと諦める。

「まずは口止めからっすね。この首飾りやオレのこと、自身に呪印を刻まれたことを他人に伝えないこと。ここにオレたちが来たことを他人に伝えないこと」

ルークの右手から出た黒い靄は、ジルベートの体の中に吸い込まれていく。

「今後一切フィオナに近づくな、名前を呼ぶな、触れるな、声を聞くな」

マティアスは目をたぎらせながら、矢継《やつ》ぎ早《ばや》に言っていく。

「はいはい。えっと近づくな、名前を呼ぶな、触れるな、あとは……」

「声を聞くな、視界に入れるなだ」

「増えてないっすか？」

「煩《うるさ》い。さっさとしろ」

「あーはいはい」

面倒《めんどう》くさそうに返事をすると、どんどん靄を体の中に吸い込ませていく。

ジルベートの目に映っていたフィオナは、黒く霞《かすみ》がかかったようになった。

「今後一切他人を傷つけるな、他人に何かを命じるな。次期皇帝には他国を侵略しようとしない奴《やつ》を選べ。国民を大切にする人徳のある奴だ。もちろんお前以外のな」

今後もう非道なことができないよう、次々と制約の呪印をジルベートの体の内部に刻んでいく。

「こんなもんすかね……あ、マティアスさんが宮殿の屋根をぶっ壊《こわ》したっすけど、うちに修繕費《しゅうぜんひ》を請求《せいきゅう》しないでくださいね。今まで散々迷惑かけられたんすからチャラっすよ」

呪印を全て体内に刻み終えると、ルークは首飾りに魔力を流すことをやめた。

「ふう、これでオッケーっす。万一誰かがあなたに刻まれた呪印に気付いたとしても、誰にも解けっこないんで諦めてくださいね。神器で何十倍にも呪いの効力を上げたものっすから」

ルークは腰《こし》に手を当てて得意気に告げる。

「終わったか？　ぐずぐずしてないでさっさと帰るぞ」

マティアスは一日ずっと動きっぱなしで、神器を何度も発動させているので疲れているのだ。腕を組みながら若干苛々《じゃっかんいらいら》している。

「はいはい、それじゃ帰るっすよ。マティアスさんまた担いでください。フィオナさんは目眩《めくら》ましと足止めを頼めるっすか」

「うん、任せて」

マティアスは来た時と同じように雑にルークを肩に担ぐ。フィオナはローブのフードを被ると、周りに張っていた土の壁の上部だけを消し去った。

二人は足元に風の魔法陣を起動し、高く飛び上がり建物の切り口の上に立つ。

「さよなら」

フィオナは後ろを向かずに、小さく別れを告げる。

その声は、呪印を施されたジルベートの耳に届くことはなかった。

ルークはマティアスに担がれながら、黒い魔力を纏わせた人差し指をジルベートに向けた。

去り際に放たれた解呪の魔力によって、ジルベートの口と首に巻き付いていた帯が消滅する。封じられていた声が戻り、動けるようになった。

体は自由になったがいくつもの自由を失ってしまった。ジルベートは放心し、その場に力なく座り込んだ。

虚ろな目で見上げたそこにはもう誰の姿もなく、月だけが静かに佇む。

愛しい女性の名前を呼ぶことはもうできない。声を聞くことも姿を見ることも二度と叶《かな》わない。

その事実に打ち拉がれ、ジルベートは涙を流した。


フィオナは陽動で至るところに魔法陣を描いて魔術を放っていく。光や旋風《せんぷう》で帝国のものたちの目を眩ませ、土の壁で行く手を阻《はば》んだ。

すぐ近くに繋いであった馬を迎えに行き、馬を走らせ王国まで帰ることにする。

フィオナはマティアスの前に乗せてもらった。

途中で少し休憩を入れたが、マティアスは一刻も早く彼女を安心できる場所まで連れていきたかった。宿屋に泊《と》まることなく馬を走らせていく。

そして無事ホームまで戻ってきた頃には、もう深夜になっていた。

「ふぁぁ……おやすみっす」

ルークは目を擦《こす》りながら、二階にある自室へと向かった。

「マティアス、もう良いよ」

「ダメだ」

一人で大丈夫だからと言っても、マティアスは五階にあるフィオナの部屋まで送り届けると言って聞かない。

部屋に辿《たど》り着《つ》いた時には、彼は活動の限界を迎えてフラフラになっていた。

「おやすみ、フィオナ」

部屋の前で彼女の頭を軽く撫でると、ふらりとしながら戻ろうとする。彼の部屋があるのは隣接《りんせつ》する騎士宿舎の四階だ。

早く休んでほしい。そう思ったフィオナは、マティアスの腕を両手で掴んで部屋に連れ込んだ。そのままぐいぐいと自分のベッドへと連れていく。

「ここで寝て、マティアス。おやすみ」

腰の剣をベルトごと外して何とか無理やり寝転《ねころ》ばせ、肩までしっかりと毛布をかける。

マティアスは一瞬思考が停止したが、フィオナがソファーへ行き、毛布を被って寝転ぶのを見届けると、『それならいいか……』と目を閉じた。

もちろん良いわけがないが、眠気と疲労で限界だったマティアスの頭は働かず、そのまま深い眠りについた。

ベッドの上で、マティアスは呆然と座り頭を抱えている。

（やってしまった……）

フィオナを部屋まで送り届けてすぐに力尽《ちからつ》き、彼女のベッドで朝までぐっすり寝てしまうだなんて不覚すぎる。

ソファーで寝ている彼女を起こさないよう、そして他の人間にも気付かれないよう、部屋を出ていこう。だけどその前に寝顔を拝もうと、ソファーに近づいた。

すーすーと寝息を立てる穏やかな顔に安心し、目元を和《やわ》らげた。

彼女を無事に帝国から連れ戻すことができ、本当に良かったと胸を撫で下ろす。

北の地で帝国の魔術師たちを追い払った後、東は大丈夫だろうかと通信魔道具で連絡《れんらく》を入れた。フィオナが連れ去られたと知った時は、頭に血が上り、帝国そのものを滅《ほろ》ぼすつもりで向かおうとした。

さすがに戦争になるからやめなさい、落ち着いてとレイラに宥《なだ》められ、『そんなことをしたらフィオナが責任を感じてしまうわよ！』という一言で何とか踏《ふ》みとどまった。

グレアムによると、フィオナの様子は明らかにおかしく、何者かに行動を支配されているようだったと言う。

それならルークの力は絶対に必要だろうと、東の地で落ち合い、共に向かった。

案の定、帝国の秘術とやらでフィオナは縛られていて、ルークがいなければバカ皇子を殺すしか術《すべ》はなかった。

「……マティアス？」

もう少し、あと少しと寝顔《ねがお》を堪能《たんのう》しまくっていたら、フィオナが起きてしまった。

目をこすりながら上半身を起こし、ぼーっとしている。

「おはよう」

「ん……おはよ」

彼女は寝起きが悪い。まだ半分寝ているようなので、彼女の頭が完全に覚醒《かくせい》するまで待ち、しっかりと目が覚め会話ができるようになると、マティアスは謝罪を口にした。

「すまない。俺はここで力尽きてしまったようだな」

「気にしないで。マティアスたちのお陰《かげ》で、またここに帰ってこられたんだもん」

フィオナはソファーから立ち上がり、彼の目の前まで近づいた。

「助けてくれてありがとう。もう会えないって諦めてたの。まさか帝国まで助けに来てくれるなんて思わなかった。無理させちゃってごめんね」

申し訳なさそうにへにゃりと眉尻が下がり、紫色の瞳は揺れている。

「帝国だろうとどこだろうと迎えに行くさ。君はもう大事な仲間だからな。それに俺は君のお母さんみたいな人なんだろう。いなくなった娘《むすめ》を迎えに行くのは当然のことだ」

マティアスは彼女があまり気負わないで済むよう、冗談《じょうだん》めかして笑みを浮かべながら頭を撫でた。

そう、実際、母親のように全く気にせずに、部屋に泊められるような男なのだ。

安心できて信用できる存在だと思ってくれているのだと窺《うかが》えるが、男として意識されていなさすぎる。彼は泣きたい気分になってきた。

フィオナの方はと言えば、娘と言われて複雑な気持ちを抱いていた。以前、彼をお母さんみたいだと言ったのは彼女自身なのだが、もう今はそう思ってはいないから。

「……マティアスはもうお母さんじゃないよ」

「そうなのか？　いつの間にお母さんをクビになっていたんだ、俺は」

それはそれで彼はショックを覚えた。何とも言えない残念で微妙《びみょう》な心境だ。

しかし後に続いた言葉で、そんな気持ちは吹き飛ぶこととなる。

「お母さんじゃないけど、大切で特別な人なの」

「……え？」

大切で特別。それはどういう存在だ。

お父さんか？　お婆《ばあ》ちゃんか？　それとも――

「フィオナ、それはどういう意味か教えてもらえるか」

もしも彼が期待しているような意味なのだとしたら、歓喜に震えることになるだろう。

しかしフィオナははっきりと言うことを躊躇った。口にするのは恥ずかしいのだ。

「えっと……それは内緒《ないしょ》だよ」

照れくさそうに頬を染めて、少し俯《うつむ》きながら目を逸《そ》らした。

マティアスにはその仕草だけでもう十分すぎて、彼女をその腕にすっぽりと収めてしまったのは仕方のないこと。

「っっ、マティアス?」

「あー………泣きそう」

「え? 何で?」

腕の中で慌ててわたわたとしているフィオナをしばらく堪能しながら、彼は幸せを噛《か》み締めていた。

# エピローグ

ようやく男として見てもらえたことを実感し、温《ぬく》もりを十分堪能《たんのう》したマティアスは、フィオナをその腕《うで》から解放した。

「皇子に酷《ひど》いことはされていないと言っていたが、本当に大丈夫《だいじょうぶ》だったのか？　嫌《いや》な目に遭《あ》わなかったか？」

「えっとね。嫌なことはいっぱいあったけど、もう大丈夫だよ。抱き締《だし》められたり、ほっぺにちゅってされたりして気持ち悪かったけど……」

目を細めて苦々しげにそう言えば、ひやりと周囲の温度が数度下がった感覚に襲《おそ》われた。

マティアスから尋常《じんじょう》でない殺気が漏《も》れ出ているのだ。

自分に向けられたものではないと分かるので怖《こわ》くはない。だけど一体どうしたのだろうと、フィオナは彼の顔を下から覗《のぞ》き込んだ。

そして次の瞬間《しゅんかん》には、自身の右頰《みぎほお》に柔《やわ》らかなものが触《ふ》れていた。

フィオナは呆然とし、そのまま数秒間固まった。

その後、ようやく頭が状況《じょうきょう》を理解でき、右頰をそっと手で押さえた。

「……えへへ」

「っっ」

何とも幸せそうな、そして恥《は》じらいの交じった微笑《ほほえ》みを浮《う》かべるフィオナに、マティアスは我に返った。

「すまない……つい、そのだな……」

「……ううん。気にしないで。えっとね、マティアスになら何されても嫌じゃないから大丈夫だよ」

もじもじと上目遣《うわめづか》いでそんなことを言われてしまい、彼はヒュッと息を呑《の》んだ。

（……あぁ、まずい）

これ以上ここに留まってはいけない。自身の本能がそう警告している。

彼は目の前の黒いローブの下がどんな姿なのかを思い出してしまった。一度目にしただけで頭に焼き付いて離《はな》れないような、扇情的《せんじょうてき》な姿をしているのだと。

彼は今しがたの自身の行いにはもう触れることなく、一刻も早くこの場から立ち去ることにした。そう、襲ってしまう前に。

「……それでは俺は部屋に戻《もど》る。君も朝食の時間までに身支度《みじたく》を調《ととの》えておくんだぞ」

「うん。分かった」

マティアスは顔を赤らめて俯《うつむ》くフィオナの頭を優《やさ》しくひと撫《な》ですると、自分の部屋のある騎士《きし》宿舎に戻っていった。

フィオナもぎこちない動きで浴室に向かい、シャワーを浴びることにする。

脱衣所《だついじょ》で黒いローブを脱《ぬ》いだ下から現れたのは、黒い透《す》け透けの夜着だ。

「……あ」

そういえばこんなものを着せられたのだったと思い出した。そしてマティアスにも見られてしまった。

そう思うと更《さら》に顔が熱くなり、抱き締められていた温もりや頬の感触《かんしょく》が蘇《よみがえ》る。

先《さき》ほどの彼の行為《こうい》は、穢《けが》れた頬を消毒しようという、慰《なぐさ》めの気持ちからきたものなのかもしれない。最近ミュリエルに借りて読んだ恋愛《れんあい》小説の中で、そういう話があったのだ。

自分が皇子のことを心から嫌《きら》っていることを知っているから、怒《いか》りを露《あらわ》にして、とっさにあのような行動に出たのだろう。

だけどそういうことは、異性として少なからず好意を持っている相手にすることではないだろうか。

そう思うとひたすらに嬉《うれ》しくて、胸がじんわりと熱くなる。顔を赤くしながらもさっさと服を脱いで、シャワーを浴びる。

いつかきちんと理由を聞けたら良《い》いな。それまでに、もっとしっかりと好きになってもらえるように努力しよう。そう意気込んだ。

何とか気持ちもスッキリ落ち着いた後は、白いシャツと黒いズボンを着た。

団長であるレイラの部屋を訪ねて、戻ってきた報告と謝罪をしたいけれど、まだ早朝なので、朝食の後に行こうと決めた。

彼女は昨日の朝食をとったきり何も食べていないのだ。お腹《なか》はきゅるると空腹を訴《うった》え続けている。

国王への報告は一先《ひとま》ずルークが済ませておくと言っていたので、任せることにした。

朝食には少し早いけれど、もう食堂は開いているはず。お腹を満たしに行こうと部屋を出たら、ミュリエルとニナがちょうど五階に来たところだった。

二人は駆《か》け寄《よ》ってきて、ニナはその勢いのまま抱きつく。

「フィオナさぁん！　ちゃんと帰ってこられて良かったぁ」

「ほんとよ。マティ兄が行ったから心配はしてなかったけどね！」

ミュリエルはツンとしているけれど、その目は少し赤くなっている。

「ただいま。心配かけてごめんね」

ニナと抱き合っていると、レイラもすぐにやって来た。

「お帰り。無事で良かったわ。マティアスが行ったから大丈夫だとは思っていたけどね。むしろあちらに死人は出ていないかしら？」

「ご心配をおかけしました。私が知る限りでは、マティアスは宮殿《きゅうでん》の屋根を削《そ》ぎ落としただけなので、死人は出ていないと思います」

「削ぎ……そう、それなら良いわ」

レイラは深く考えないことにした。

四人でそのまま食堂へ向かうと、マティアスが入り口で待っていたので合流する。ニナはヨナスの下へと行った。

マティアスとは隣《となり》同士、レイラとミュリエルとは向かい合わせに座って、皆《みんな》で朝食をとりながらフィオナはぼんやりと考える。

昨日、皇子に帝国《ていこく》に連れていかれたばかりなのに、今はもうここでこうして、いつもの日常を送っているなんて不思議。

マティアスは本当にすごくて格好いい。ちらりと隣をうかがえば、金色の髪《かみ》がいつも以上に輝《かがや》き、いつも以上に素敵《すてき》に見える。

彼の何もかもが大好きでたまらなくて、右手でそっと自身の頬に触れた。そのまま唇《くちびる》を指でなぞっては、艶《つや》っぽい表情を浮かべる。

そんな仕草を隣でしっかりと目撃《もくげき》してしまったマティアスは『ぐっ……』と苦しげに唸《うな》った。

その後、フィオナは食堂にやって来た第一魔術師団《まじゅつしだん》の仲間に謝罪していった。

皆、彼女の無事を喜んだ。そして、心配していたがマティアスが行ったから大丈夫だと思っていたと、口を揃《そろ》えて言う。

しばらくするとグレアムもやって来て、ポンとフィオナの頭を手で押さえた。

「よう。無事帰ってこられて良かったな」

あくどい笑《え》みと共にそう言って、そのまま隣に座った。

「グレアム、吹《ふ》き飛《と》ばしちゃってごめんね」

「気にすんな。皇子にエロいことされなかったか？」

「うん、エッチな服は着せられたけど大丈夫だったよ」

「エッチな……」

グレアムは口ごもる。二人の会話を聞いていたマティアスはゆらりと立ち上がり、腰《こし》の剣《けん》に手を添《そ》えた。その目は据《す》わっている。

「今想像したな。頭を出せ。一度記憶《きおく》をリセットしてやる」

「っっざけんなよ、今の俺悪くねぇだろ？　こんなとこで剣引《ひ》き抜《ぬ》くなって。フィオナ、オマエも言ってやれ」

「うん。マティアスやめて。グレアムが死んじゃったら悲しいの。私にとってグレアムはお兄ちゃんみたいな存在だから」

その言葉を受けて、目の前で傍観《ぼうかん》していたミュリエルは勢いよく立ち上がり、眉《まゆ》を吊《つ》り上《あ》げた。

「はぁ？　マティ兄はお母さんなのに、こんな奴《やつ》がお兄ちゃんなの？　信じらんない！」

「っは、何オマエ、お母さんだとか言われてんの？　マジうける」

「よし、最期《さいご》の言葉はそれでいいんだな」

「よくねぇよ！」

「ちょっとあなたたち煩《うるさ》いわよ」

「はよっす。なんか楽しそうっすね」

ルークもやって来て、がやがやと騒《さわ》がしい中、フィオナは幸せを噛《か》み締める。

今日も大好きな人たちに囲まれて食事をとっていて、生きていて良かったなぁとしみじみと思った。

「あのね、マティアスはもうお母さんじゃないよ」

のんびりゆったりとした口調でそう告げて、フィオナは穏《おだ》やかに微笑んだ。

# あとがき

はじめまして。白崎《しろさき》まことと申します。

この度《たび》は『人生に疲《つか》れた最強魔術師《まじゅつし》は諦《あきら》めて眠《ねむ》ることにした』をお手に取ってくださり、誠《まこと》にありがとうございます。


このお話は、幼い頃《ころ》から辛《つら》い思いをしてきた女の子が、とにかく全てが完璧《かんぺき》で隙《すき》のないヒーローから溺愛《できあい》されて、甘くとろける幸せな日々を送る。そんな糖分過多な物語を目指して出来上がった物語です。

誰《だれ》にでも優《やさ》しい男性も素敵《すてき》だけれど、主人公にだけ甘くて優しい特別感が欲《ほ》しい。

独占欲《どくせん》が強く、一歩間違《まちが》えたらヤンデレな重い愛情も欲しい。

そんな作者の欲望を何だかんだとぎゅぎゅっと詰《つ》め込んで生まれたのが、世話焼きお母さん系ヒーロー、マティアスです。

ぼんやりヒロインにお母さんなヒーロー。

あれ？　この二人、恋《こい》は始まるのだろうか？　と心配になりました。

フィオナはのんびりマイペースで恋愛ごとに疎いため、マティアスはどれだけ愛情を注いでも気付いてもらえない、なかなか異性として意識してもらえない。そんな不憫な男になってしまいましたが、一応はハイスペックヒーローなので、格好よさを感じてもらえる所はあったはず。(ありました……よね?)

フィオナとマティアスのやり取りが、ひたすらほのぼのとしたものになったので、帝国の皇子ジルベートが登場する話は、気持ち悪さに全力を注ぎました。類稀なる美貌の無駄遣いもたまにはいいかなと、嫌われ役を一身に担ってもらいました。

皇子のおかげもあり、最後は少しだけ二人の仲が進展して、マティアスは脱・お母さんとなりました。『良かったね』とほっこりした気持ちになっていただけたなら幸いです。

この物語を、くにみつさんの素敵なイラストで彩ってもらえて、一冊の本として形になったことが本当に嬉しいです。

それを皆様が手に取ってくださったことに心から感謝申し上げます。

お読みくださり本当にありがとうございました。

それでは、またいつかどこかで、新たな物語をお届けできますように。

白崎まこと

■ご意見、ご感想をお寄せください。
《ファンレターの宛先》
〒102-8177 東京都千代田区富士見2-13-3
株式会社KADOKAWA ビーズログ文庫編集部
白崎まこと 先生・くにみつ 先生

ビーズログ文庫

●お問い合わせ
https://www.kadokawa.co.jp/（「お問い合わせ」へお進みください）
※内容によっては、お答えできない場合があります。
※サポートは日本国内のみとさせていただきます。
※Japanese text only

# 人《じん》生《せい》に疲《つか》れた最《さい》強《きょう》魔《ま》術《じゅつ》師《し》は諦《あきら》めて眠《ねむ》ることにした

白《しろ》崎《さき》まこと

2023年2月15日 初版発行

| | |
|---|---|
| 発行者 | 山下直久 |
| 発行 | 株式会社 KADOKAWA<br>〒102-8177 東京都千代田区富士見2-13-3<br>（ナビダイヤル）0570-002-301 |
| デザイン | 横山券露央（Beeworks） |
| 印刷所 | 凸版印刷株式会社 |
| 製本所 | 凸版印刷株式会社 |



ISBN978-4-04-737408-9 C0193


定価はカバーに表示してあります。
◇◇◇